黒ヘル戦記

TO

彩流社

目次

『黒ヘル戦記』の背景について――まえがきにかえて

本作『黒ヘル戦記』は、季刊誌「情況」の二〇二〇年冬号(一月号)から二〇二二年夏号(七月号)に渡って掲載された連作小説である。

「情況」は一九六八年創刊の老舗雑誌。表紙には「変革のための総合誌」と書いてあるが、ようは、革命的左翼の業界誌である。読者は活動家と公安関係者、各国の情報部員。

「情況」はそのような媒体なので、この小説もその道のプロのために書かれている。そのため、革命的左翼とは縁のない一般の方々にはなんだかわからないところもあると思うので、少し解説しておく。

まずは、外堀大学のモデルである。この大学は東京のど真ん中にキャンパスを持つとされているが、モデルは私の母校の一つである法政大学である(私にはもう一つ、レニングラード大学という母校があるのだが、この話をすると長くなるので、ここでは触れない)。

日本の学生運動は、全国の大学で「全共闘」が結成された一九六〇年代の後半がピークで、七〇年代に入ると失速し、八〇年代には消滅したとされている。

全体的に見ればその通りである。が、八〇年代に入っても学生運動が残っていた大学も少なからず存在した。とはいえ、八〇年代の運動にかつての勢いはなく、ほんの数人（多くても十数人）の活動家が細々と活動を続けているだけで、「左翼伝統芸能保存会」と揶揄されるような存在だった。

しかし、例外もあり、八〇年代に入っても学生がそれなりの力をもっていた大学もわずかながら存在した。

法政大学はその一つだった。この大学では一九七八年まで全共闘が存在し、八〇年代に入っても学生運動の火が消えることはなく、九〇年代に入っても全学ストライキが行われていた。法政大学はダーウィンの進化論で有名なガラパゴス諸島と同じように、全国の大学とは違う進化の道を歩んでいたのだ。

私が法政大学に入学したのは一九八五年だが、その年にも全学ストライキがあった。三〇〇名近くの学生がヘルメットをかぶってキャンパスを行進する光景を目の当たりにしたときは、「いったい何が起きたのか」とうろたえたものである。だから、「八〇年代の学生運動」と聞いて不思議そうな顔をする人の気持ちはわかる。しかし、現実にそういう世界があったのだ。

法政大学の学生運動について詳しく知りたい方には、外山恒一氏との共著『ポスト学生運動史・法大黒ヘル編』（彩流社刊）を読んでもらいたい。哲学会、学術行動委員会（GK）など、この物語に出てくる学生団体も、すべて法政大学にあった学生団体がモデルである。

もう一つ。この小説にはノンセクトの黒ヘルの敵役として白ヘルをかぶるセクト、マルゲリ（マルクス主義者同盟ゲリラ戦貫徹派）が登場するが、このセクトのモデルは中核派である。法政大学には中核派もいたのだ。

今の中核派が何をやっているかは知らないが、八〇年代の中核派はロケット弾を飛ばしたり、駅舎を焼き討ちしたり、ゲリラ戦を繰り返していた。

白ヘルの中核派も黒ヘルのノンセクトも国家権力の打倒を目指している。そういう意味では白と黒は仲間のはずだが、両者が共闘することは滅多になかった。むしろ、いつもいがみ合い、激しく対立していた。法大学生運動の歴史は白ヘルと黒ヘルの抗争の歴史と言っても過言ではない。権力との戦いで倒れた者よりも、白と黒の抗争の中で倒れた者の方がはるかに多い。

なぜ、そんなことになったのか。これには歴史的経緯や感情的なこじれなどいろいろあるのだが、一言で言えば宿命である。

そもそも黒ヘルの運動は全共闘運動から始まっている。全共闘はそれまでのセクトのあり方に疑問をもつ者たちが作ったもので、全共闘運動の原点にはセクト批判がある。だから、黒ヘルがセクトである中核派を批判するのは当たり前。セクト批判は黒ヘルの原点であり、アイデンティティなのだ。

中核派の立場から見れば、そんな黒ヘルを認めるわけにはいかない。黒ヘルを認めることは中核派を否定することになる。だから、中核派にとって黒ヘルとの戦いはアイデンティティをかけた戦いになる。

第三者から見れば白ヘルも黒ヘルも「ヘルメットをかぶった変な人たち」でしかない。しかし、当事者にとって白と黒の違いは生き方に関わる重要な問題だった。だからこそ、白ヘルと黒ヘルの恋は「禁断の恋」となる。このことを踏まえると、この物語はより味わい深いものになると思う。

さて、この物語は架空の大学である外堀大学を舞台としたフィクションである。が、法政大学にいた人が読めばわかることだが、法政大学で実際に起きた事件をベースにしている部分も少なくない。それで、「昔のことをよく覚えているな」と言われることがあるが、「よく覚えている」というのは誤解である。私自身は、ほどよく記憶が薄れたからこそ書けたと思っている。

そんなわけで、記憶はかなり怪しくなっている。だから、事実として書いた部分も事実とは違うかもしれないし、フィクションとして書いたところが事実ということもある。

二〇二三年十一月

著者識

黒ヘル戦記

一九八〇年代から九〇年代にかけて、東京のど真ん中にキャンパスを持つ外堀大学は、たびたび学園紛争に揺れた。正門にバリケードを築き上げ、キャンパスを封鎖する学生たちを大学当局、公安警察は「黒ヘル」と呼んだ。

第一話　詐病

「君は正気なのか。正気で言っているのか？」

「正気ですとも。私は卑怯者です。だけど、正気なんです」

『カラマーゾフの兄弟』より

1

一九九二年の十二月、風の強い夜だった。俺のアパートの電話が鳴った。時計を見ると午前零時を回っていた。いやな予感がした。こんな時間にかかってくる電話がまともなものであるわけがない。案の定、電話をかけてきたのは警察だった。

「板橋警察です。武川武《たけかわたける》さん、ご在宅でしょうか」

「私が武川です」

「あー、武川さんですね。こんな時間にどうもすみません。えー、寺岡さんの件でお電話したんですが」

「寺岡さん?」

「寺岡修一さんです。武川さんのお仲間ですよね。外堀大学の、黒ヘルの」

「ええ、まあ」

学生時代、俺は学術行動委員会(以下、GK)という団体に属していた。GKは世界革命を目指す学生団体で、寺岡はその創設メンバーの一人だ。八〇年代の後半から九〇年代にかけて、GKはけっこうな勢力を誇っていたが、一九九四年、運動の世界から撤退した。「世界革命への道筋が示せなくなった」というのがその理由だった。GKの歴史はここで終わるのだが、二一世紀に入ってから名簿ができた。メンバーの何人かが集まって作ったのだ。「名簿くらいあったほうがいい」と思ったのだろう。たしかにそうで、俺も年賀状を書くときなどはこの名簿を使っている。寺岡の連絡先もこの名簿に載っているのだが、この名簿はたんなる住所録ではなく、人名録としての機能も果たしていて、寺岡修一の欄はこうなっている。

寺岡修一　一九五九年六月六日生まれ。神奈川県立K高校卒。一九八〇年、外堀大学文学部哲学科に入学。八一年、町田移転阻止闘争に参加。八二年、哲学会委員長に就任。同年六月、GKの結成に参加。八四年三月、中退。(住所、電話番号は略)

俺が外堀大学に入学したのは一九八五年四月。寺岡が中退した後だ。が、寺岡は大学を辞めてからもGKの活動は続けていた。だから、俺も寺岡のことはよく知っていた。現役時代の寺岡は「炎のアジテーター」と呼ばれる闘士で、「暴力学生の頭目」として大学当局から目の仇にされていた。が、俺の知っている寺岡はそうではなかった。いつも穏やかで、どちらかというと物静かな人だった。トラメガをもってアジっている姿など想像もできなかった。

現役時代の寺岡を知る先輩たちは、よく寺岡の変化を話題にした。

「あの頃の寺岡はいつもピリピリしていたけど、腸に寄生虫でもいたんじゃないのか」

「今の寺岡は憑き物が落ちたようだ。あの頃は何かに取り憑かれていたのだろう」

「寺岡は病気だったんだよ。世界革命をやろうなんてやつは、みんな病気だ」と。

板橋警察はこう言う。

「寺岡さんの件で、署の方まで来ていただきたいのですが」

「寺岡に何かあったんですか?」

「それは、こっちに来ていただいてからお話ししますので」

警察は、とにかく来い、という。俺は考えた。警察には行きたくない。しかし、寺岡の件と言われたら無視するわけにもいかない。弁護士に相談しようかとも思ったが、時間が時間だ。弁護士に相談するのは警察で事情を聞いてからでもいい。俺はそう思ってこう答えた。

「わかりました。板橋署に行けばいいんですね」

「そうです。板橋署です」

板橋署には前にも一度行ったことがあった。ＧＫのメンバーが逮捕され、板橋署の留置場に入れられたときだ。あれは一九八八年だったたか。

「では、明日の午前中に伺います」

「いや、明日じゃなくて、すぐ来てください」

「はあ？」

「寺岡さん、今、ここにいますので、今すぐ来てください」

その頃、俺は練馬区小竹町のアパートに住んでいた。小竹町は板橋区との境にある。だから、板橋区はすぐそこだ。が、板橋署は近くない。直線距離でもけっこうあるが、電車だと営団地下鉄、山手線、都営三田線と乗り継ぎ、大きく迂回することになる。

俺は改めて時計を見た。0時15分。地下鉄はもう終わっている。さあ、どうするか。自転車だと一時間以上かかる。十二月の夜中にそれはきつい。が、タクシーに乗る金もない。

「武川さん、ゴルフの練習場の脇に黒のクラウンが停まっているでしょう。それに乗ってきてください」

俺は受話器を置いて部屋のカーテンと窓を開けた。なるほど、ゴルフの練習場の脇に黒い車が停まっている。

2

住宅街を抜けて環状七号線に入ると黒のクラウンはスピードを上げた。革張りのシートから背中に加速が伝わってくる。ハンドルを握っているのは白髪の目立つ男。助手席には肩の筋肉の盛り上がった男が座っていた。

「デカ長、飛ばし過ぎですよ。ネズミ取りにひっかかりますよ」

助手席の男がそう言った。

「おー、すまん、すまん」

運転席の男はそう言ってアクセルを緩めた。

「これ、加速の感じがいいんだ。スーパーチャージャーがクーンと効いてくるときの感じがたまんないんだよ。それで、ついつい踏み込んじゃうんだ」

「デカ長、クーンじゃないっすよ。この車で捕まったらシャレになりませんよ」

「そうだな。すまん、すまん」

デカ長と呼ばれる男は四十代の後半か。助手席の男は三十代の半ばか。俺にはそう見えた。が、警察官は十歳老けて見えるというから、三十代と二十代のコンビなのかもしれない。

「武川さん、いい車でしょう。これね、署長用の送迎車なんですよ」

デカ長がバックミラーで後部座席の俺を見ながらこう言った。

「パトカーで迎えに行ったら近所の人が驚くと思いましてね、これを借りたんです。私もこれを運転するのは初めてなんですよ」

たしかに、これはいい車だ。音は静かで、ほとんど振動がない。空飛ぶ絨毯に乗っているような感じだ。

「今、十二月でしょう。飲酒の取締とか、あちこちでやってますからね。私もこの車で捕まったらまずいんで、安全運転でいきますよ」

そんな話をしていたときだ。

「赤塚三丁目交差点付近、ピーピー、ガーガー、酔っぱらいのケンカ、ピーピー、ガーガー、現場付近のパトカー、ピーピー、ガーガー」

警察無線が唸った。送迎車も無線は積んでいるのだ。

「今日は多いっすね」

助手席の男がそう言った。

「多い。これじゃあ、パトカー、足りなくなる」

デカ長はガーガー、ピーピーと唸りを上げる無線機の音量を小さくすると、バックミラーの中の俺を見た。

「武川さん、こういうのって続くんですよ。一晩に何件も事件が起きる。たまにですけどね、そういう日があるんです。何かあるんでしょうね。その、なんていうか、人間の力を超えた何かが。寺岡さんも、そんな何かにやられたんじゃないのかな」

俺はこう訊いた。

「あの、寺岡は何をやったんですか。なんで板橋署にいるんですか？」

「あー、そうか。武川さんは聞いてないんですね。簡単にいいますとね、酔っぱらいのケンカです。志村坂上の居酒屋でやっちゃったみたいです」

これはまずいことになった。俺がそう思ったのは、寺岡には逮捕歴が二つあるからだ。一度目は学生時代、大学の正門前で抗議活動をしているとき、学生にカメラを向ける公安と一悶着起こして逮捕されている。罪状は公務執行妨害だ。これは不起訴で終わったが、問題は社会人になってから起こした傷害事件だ。このときの現場も居酒屋だった。ようするに酔っぱらってケンカをしたのだ。寺岡は「穏やかな人」で通っているが、たまに短気なところを見せることがある。極端な結論に走ることもある。ヘルメットを被って暴れていた頃の名残のようなものだが、寺岡のそういう面が出てしまったのだろう。このときは略式裁判となり、寺岡は罰金二十万円を払っている。放免祝いの席で、弁護士は寺岡にこう言っていた。

「罰金刑といっても有罪は有罪です。今度、傷害でやられたら再犯です。再犯だと執行猶予は付きません。実刑です。懲役です。刑務所に行くことになりますよ」

デカ長は「酔っぱらいのケンカ」と言った。ならば再犯だ。寺岡は実刑をくらうかもしれない。

これはなんとかしなければ。が、寺岡の身柄はすでに警察におさえられている。こうなると後はもう弁護士に委ねるしかない。

俺はこう訊いた。

「弁護士はなんて人が来てますか」

デカ長はこう答えた。

「弁護士さんは来てませんよ。まだそこまでいってないというか。今は署で事情を聞いているところで、まだ逮捕はしてないんです。逮捕していいのかどうか、判断がつかないところがありまして」

……。

寺岡は事件を起こして警察にいる。しかし、逮捕はされていない。このことは何を意味するのか
目の前が真っ暗になった。これは最悪の事態かもしれない。

3

警察から電話があったのは、この時が初めてではない。一九九〇年の十二月にも同じような電話があった。

「成田署です」

「はあ?」

「千葉の成田署です」

「あ、千葉県の成田ですね」

早朝だった。時計の針は5時を指していた。

「えー、伊地知友也さんの件でお電話しました」

伊地知友也もGKのメンバーだ。同じ一九八五年入学の同志で、苦楽をともにしてきた仲だ。成田署は「伊地知さんを保護しています。すぐに来てください」という。俺はすぐに家を出て、始発に乗って成田に向かった。成田までの二時間半、俺の頭の中では「保護」の二文字がグルグルと回っていた。

この言葉の意味を教えてくれたのは、他ならぬ寺岡だった。あの頃は弾圧が厳しく、GKではよく弾圧対策の勉強会を開いていた。寺岡を講師に招き、「同志が逮捕されたとき」というテーマで話してもらったこともあった。救援体制の組み方、救援連絡センターの使い方、弁護士と会うときの注意点などについてだ。その勉強会の最後に寺岡はこんな話をした。

「ごく稀になんだけど、警察に身柄をおさえられた人間が、そのまま病院に送られることがある。措置入院ってやつだ。精神病の疑いがあるとき、この処置がとられる。このとき警察は逮捕したとは言わず、保護したと言う。だから、警察から、誰々さんを保護しています、という電話があったら、いつもとは違う対応をしなければならない。

みんなも知っていると思うけど、精神病と認定されると刑事責任は問われない。つまり、何をやっても無罪になるわけだが、これはいいことではない。それと引き替えに基本的な人権も認められなくなるからだ。精神病院では騒ぐと睡眠薬を飲まされる。クスリはいやだと言って暴れると拘束服を着せられる。人権も何もあったものじゃない。

それで、初期のGKでは、メンバーが精神病院に送られたときも救援の体制を組んだ。精神病院から奪還しようとね。が、どうすることもできなかった。なんといっても当該は精神病だ。面会に言っても、全然、話が通じない。宇宙人がどうしたとか、政府の陰謀がなんだとか、そんな話を真顔でされるんで、こっちまでおかしくなってくる。

結局、親御さんが出てきて、もう関わらないでくれ。この子がおかしくなったのは、あなたたちとヘンな活動をしたからだ。もう、うちの子には近づかないでくれ、と言われておしまい」

成田署には八時少し前に着いた。受付で「伊地知友也の件で来ました」と言うと、すぐに応接室に通された。応接室では、安倍という若い弁護士が俺を待っていた。安倍は弁護士になったばかりの青年。その頃、俺は二六歳だったが、安倍の方が若かった。

「まず、事実経過をお話しします」

安倍弁護士は手帳を見ながらこう言った。

「昨日の朝です。空港のゲートの前で伊地知さんがシュプレヒコールを上げていた。一人で。そして、駆けつけた警備員に投石をした。石は当たらなかったようですが、何発もやったようです。

それで、警備会社は警察を呼んだ。手に負えないと思ったのでしょう。そして、パトカーが現場に到着するのですが、伊地知さんは同行を求める警察官にも激しく抵抗した。それで公務執行妨害の現行犯で逮捕されました。

私がここに来たのは昨日の夕方です。救援連絡センターから連絡があって接見を引き受けたのですが、実は私、すぐ近くに住んでおりまして、それで私が選ばれたようです。それはともかく、昨日の夕方、一回目の接見をしました。が、どうも様子がおかしい。伊地知さんは逮捕されたその時から、弁護士を呼べ、早く呼べと叫んでいたようなのですが、弁護士である私を見ても話をしようとしない。きょとんとしている。それで、これはおかしいと思って警察から逮捕時の状況をいろいろ聞きました。すると、おかしな点がいくつも出てきた。まず、所持品がゼロなんです。財布も何も持っていない。服装はスウェットスーツの上下に安全靴。この取り合わせもちぐはぐですし、スウェットは薄手のもので、明らかに部屋着です。伊地知さんは八王子市にお住まいとのことですが、この格好で電車やバスに乗ったとは思えない」

これは後でわかったことなのだが、伊地知は八王子市のアパートから成田空港まで歩いたようだ。そして、途中、足の豆を潰したのか、靴擦れを起こしたのか、安全靴の内側には大量の血がこびりついていたという。

「これはおかしいと思いまして医師を呼んでもらいました。精神科の医師です。ところが、伊地知さんは受診を拒否。そして、この扱いは人権侵害だ、抗議すると言ってハンガーストライキを宣言します。これで警察は慎重になりました。伊地知さんは堀大黒ヘルの活動家ですからね。警察もそれは把握していた。それで、下手なことはできないぞと思ったようです。しかし、診察もしないで留置場に放り込んでおくのも問題です。それで警察は私になんとかしろと言ってきました。しかし、私もこういうケースは慣れていないので判断がつかない。それで、武川さんに来てもらうことになったんです」

4

「伊地知が何をやったのかはわかりました。それで、やつは今、どういう状態なんでしょう。僕は何をすればいいんでしょうか」

安倍弁護士の答えはこうだった。

「伊地知さんは病院にいます。今朝の六時半、ここの留置場は六時半起床なんですが、起床と同時に暴れ出したそうです。鉄の扉にタックルをして、頭からも突っ込んだようでプロレスラーみたいに額が割れて大変だったそうです。それで精神病院に送られました。自傷他傷の恐れがあるときは警察の判断で病院送りにできるんです。

そういうわけでして、武川さんには、東京からわざわざ来ていただいて本当に申し訳ないのですが、伊地知さんは措置入院となりましたので、お願いすることはなくなりました。本当に申し訳ありません」

俺には話がうまく飲み込めなかった。なぜ俺が呼ばれたのか。安倍弁護士は俺に何をお願いするつもりだったのか、それがよくわからなかったのだ。が、後に、この手のことに詳しいケースワーカーがこう解説してくれた。

警察は伊地知を病院に送りたかった。精神病の疑いのある者が留置場で事件を起こしたら警察が責任を問われるからだ。しかし、伊地知が人権侵害だと騒いだので、それが難しくなった。それで、警察は安倍弁護士に目を付けた。「伊地知はおかしい」と言い出したのは安倍弁護士。だから、安倍弁護士の指示で病院に送ったという形にしたかったのだろう。が、安倍弁護士も慎重だった。精神病の場合、一度、入院すると、いつ退院できるかわからない。その時、伊地知の支援者から「おまえが余計なことをするからだ。どう責任を取ってくれるんだ」と言われるかもしれない。それで安倍弁護士は、伊地知の同志である俺を呼ぶことにした。「伊地知を病院に送っても文句は言いません」と俺に言わせたかったのだろう。ようするに、警察は安倍弁護士に責任を押しつけようとし、安倍弁護士は俺に責任を押しつけようとしたのだ。

結局、伊地知が暴れたことで俺の出番はなくなった。伊地知は血まみれの状態で病院に送られたそうだが、おかげで俺は責任を負わなくてすんだ。

「武川さん、成田駅までお送りしますよ」

車のキーをカチャッと鳴らして、安倍弁護士が言った。

「そうだ。朝飯、まだですよね。ご一緒しませんか。この時間だとファミレスしかやっていませんが」

ファミレスで安倍弁護士はこんな話をした。

「私は医師ではなく弁護士ですから、病気のことよりも詐病の方に関心があります。弁護士が病気だと主張して無罪を勝ち取った。が、実は詐病だった、というケースは少なくありません。だから、今回もずっとそれが頭の中にありました。このケースはどうなんだ。伊地知さんは本当に病気なのか。それとも、病気のフリをしているだけなのか。

詐病かどうかの見極めはベテランの医師でも難しいといいます。だから、私のような専門外の若造にわかるわけがない。でも、弁護士ですから、なんらかの判断はしなければならない。とはいえ、やっぱり自信がない。だから、朝、警察から電話があって、措置入院になりましたと言われたときはホッとしましたよ。判断しないですんだので。しかし、こういうケースはこれからもある。必ずある。そう考えると憂鬱になります」

安倍弁護士は、詐病の可能性もあると考えていたのだ。俺はそれに驚いた。弁護士と我々では見るところが全然違う。

安倍弁護士はこんな話もした。

「詐病について、江戸時代の判例に興味深いものがあります。あるとき、江戸で強盗殺人事件が起きます。犯行現場には多くの証拠が残っていて、目撃者も複数した。それで、奉行所はある男を犯人と断定するのですが、この男がずるがしこいやつで、詐病を使った。具体的にはストリーキングをやったようです。素っ裸で、奇声をあげながら江戸の町を走り回った。男の狙い通り、裁判では詐病かどうかが争点になります。この男を知るものは、みな、詐病だと証言します。こいつは死罪を免れるために病気のフリをしているだけだと。が、奉行所の判断はこうでした。死罪を免れるためとはいえ、ストリーキングをやるとは正気の沙汰ではない。よって、この男は狂人である。こうして男は無罪放免となります。

男はしてやったりと思ったでしょう。が、世間は甘くなかった。この男は狂人だと奉行所が判断したので、誰もがこの男を狂人扱いするようになったのです。男がまともなことを言っても、狂人が正気のフリをしていると言って誰も取り合わない。そんな日々が続き、やがて男は狂気の世界に落ちていきます」

5

黒のクラウンは裏門から板橋署の敷地に入り、建物の端にある地下への入口に滑り込んでいった。デカ長はエレベータの前で車を停めると、助手席の男に「後は頼む」と言って外に出て、後部座席のドアを開け、「さあ、武川さん」と俺を促した。

デカ長と俺はエレベータで三階に上がった。エレベータの扉が開くと、紺のスーツを着た若い男が立っていた。俺が来るのを待っていたのだ。成田署で会った安倍弁護士に雰囲気が似ていたので、その男も弁護士かと思ったのだが、男が俺に差し出した名刺には「警視庁公安一課　倉田洋二」と書いてあった。

倉田は俺にこう言った。

「武川さん、事情は後でゆっくり説明しますので、とりあえず、面通しをお願いしたいんですが」

「面通し?」

倉田は廊下の先の部屋を指差してこう続けた。

「そこに部屋が並んでいますが、中に男がいます。あの部屋にはちょっとした仕掛けがありまして、中から外は見えないんですけど、外からは中が見えるようになっています。中にいる男が、武川さんの知っている人間かどうか、それを確認してほしいんです」

俺はこう考えた。本物の寺岡かどうか確認しろと言っているのだろう。きっと寺岡は変わり果てた姿になっているのだろうと。わかりました。やりますよ。俺は承諾した。

倉田に伴われて「1号」と書かれたドアの前に立った。倉田のいう「ちょっとした仕掛け」とは、本当にちょっとした仕掛けで、ドアの上の部分に小窓があって、そこがマジックミラーになっているだけだった。

俺はマジックミラーの小窓から中を見た。小さなテーブルとパイプ椅子が置いてあるだけの殺風景な部屋だった。パイプ椅子には白いワイシャツを着た男が座っていた。歳は四十代半ばか。頭は角刈り、頬に大きな絆創膏を貼っていた。ケンカに負けたヤクザという雰囲気だったが、ヤクザ特有の殺気立ったところがない。体育の教官かとも思ったが、スポーツマン特有の溌剌さがない。いずれにしても、寺岡とは似ても似つかない人物である。

「どうですか。お知り合いですか?」

「いえ」

「よく見てください」

「知り合いではありません」

「わかりました。では、こっちもお願いします」

倉田に伴われて「2号」と書かれた部屋の前に立った。こっちの小窓には蓋がついていた。もともとは1号にもついていたのだろうが、壊れたか、なくしたかしたのだろう。

この部屋にも男が一人いた。やはり白いワイシャツを着て、頭は角刈りだった。歳はこっちの方が若かった。二十代後半か三十代前半だろう。1号の男はうなだれていたが、こっちの男はピンと背筋を伸ばし、手もきちんと膝の上に置いて行儀よく座っていた。剣道の有段者という雰囲気だ。

「どうでしょう。お知り合いですか?」

「いえ、初めて見る顔です」

「わかりました。ありがとうございます。では、こちらへ」

倉田と俺はエレベータで四階に行き、「応接室」と書かれた部屋に入った。高級ソファセットの置いてある立派な部屋だった。

「さあ、どうぞ」

俺はソファに腰を下ろした。倉田はガラスのテーブルの上に置いてある電話の子機を手に取ると、

「武川さん、コーヒーでいいですか?」と言った。

俺は戸惑った。なんだ、この待遇のよさはと思ったのだ。俺は酔っぱらってケンカをして捕まったアホウの仲間である。それ以前の問題として、俺は警察のいう極左暴力集団のメンバーでもある。その俺がなんでこんなに丁重に扱われるのか。いつから俺はそんなに偉くなったのか。

しばらくするとノックの音がして若い制服警官が入ってきた。手にはコーヒーが二つ載ったお盆を持っていた。若い制服は慣れない手つきでテーブルの端にコーヒーを置くと、そそくさと部屋を出て行った。

「さあ、どうぞ」

倉田はそう言ってコーヒーを俺の前に置いた。そして、俺の目をじっと見ながらこう言った。

「武川さん、ここは腹を割って話し合いましょう」

「はあ?」

「あ、すみません。武川さんは、今日、何があったのかご存じないんですよね。これから説明します」

6

警視庁公安一課の倉田洋二は手帳を見ながら話を進めた。

「時系列に沿って説明します。まずは19時30分です。先ほどの二人の男、とりあえず、1号と2号としておきますが、あの二人が、事件の現場である志村坂上の居酒屋Tに現れたのが19時30分頃。二人は仕事の終わった17時過ぎから職場近くの店で飲んでいて、Tは二軒目だったと言います。Tの店主も、二人とも店に入ってきたときにはすでに出来上がっていたと言っています。なお、1号は志村坂上の住民で、週に二、三回顔を出す常連客、2号は初めて見る顔だということです。

寺岡が……、あっ、失礼しました。被疑者じゃないんだから、呼び捨てはいけませんね。寺岡さんがTに入ったのは20時頃です。文京区にお住まいの寺岡さんが、なぜ志村坂上に現れたのか。どこからTに来たのかは不明です。寺岡さん、完全黙秘していましてね。何も話してくれないんですよ。店主の話だと、顔は知っていた、前にも何度か店に来ているとのことです。

居酒屋Tは、五人掛けのカウンター席と四人掛けのテーブル席が二つあるだけのこぢんまりとした店で、寺岡さんはカウンター、1号と2号はテーブル席で飲んでいました。

20時30分頃、寺岡さんがトイレに立ちます。トイレは1号、2号のテーブル席の奥です。寺岡さんは1号、2号の横を通ってトイレに行ったわけですが、用を済ませて出てきたところで1号と口論となります。Tの従業員Aの話だと、1号が故意に足を伸ばして寺岡さんを引っかけた。それで寺岡さんが、何をするんだと詰め寄り、口論が始まったとのことです。足を引っかけたことは1号本人も認めています。なぜ、そんなことをしたかですが、1号は、寺岡さんが何度もガンをつけてきたんで注意をしようとしたと言っています。

とにかく、こうして口論が始まり、20時40分頃、店主が介入します。「他のお客さんの迷惑だから、外でやってくれ」と。それで1号、2号、そして寺岡さんの三人は表に出ます。従業員Aも一緒に出ます。三人とも勘定を払わないで出て行ったので、食い逃げされたら困ると思ったようです。

Aの話では、1号と寺岡さんが胸ぐらを掴み合い、おまえが謝れ、あんたが謝れとやっていたようですが、しばらくすると、それまで黙って見ていた2号が後ろから寺岡さんに襲いかかり、寺岡さんを羽交い締めにします。そして、身動きの取れなくなった寺岡さんの腹に1号がタックルを入れた。これで寺岡さんと2号は吹っ飛びます。羽交い締めにしたことについて2号本人はこう言っています。ケンカに巻き込まれるのはいやだったが、1号にこいつを抑えろと言われたので、仕方なくやった。1号は上司なので従わざるをえなかったとのことです。

1号は助走を付けてタックルしたようで、二人とも2メートル以上吹っ飛んだようです。ダメージが大きかったのは、寺岡さんの下敷きになった2号の方でしょう。腰を強打したようです。寺岡さんは2号がクッションになったので、そんなにダメージは受けてないと思います。

1号はタックルだけでは気が済まなかったようで、今度は青い大きなポリバケツを持って寺岡さんに襲いかかります。このバケツはTのものではなく、向かいの寿司屋のものなのですが、これを寺岡さんに投げつけた。これは、寺岡さんには当たらなかったのですが、ここから寺岡さんの反撃が始まります。

まず、1号にタックルをかまします。1号がよろけたところに前蹴りを一発。これが腹に決まります。1号が腹をおさえて屈んだところに膝蹴り。これは顔面に決まります。そしてさらに大外刈りで一本。これで1号はノックアウトです。次の相手は2号です。寺岡さんは2号と向き合います。寺岡さんと2号の対決は、お互いに相手の肩や胸を手の掌底の部分で突き合うだけだったようですが、どっちもまったく引く気配はない。この頃にはかなりの人だかりができていたようですが、間に入って止めるものはいない。それで、これはもう収拾がつかないということで店主が一一〇番通報します。20時55分です。パトカーが現場に到着したのは21時3分。ちょうど一台、近くにいたようです」

こうして寺岡と1号、2号は板橋署につれて来られたようだが、これは、明らかに酔っぱらいのケンカである。本庁の公安が動くような事件ではない。なぜ、こんな事件のために本庁の公安一課の人間が板橋署に来ているのか。なぜ、その公安が応接室で俺と話をしているのか、俺にはさっぱりわからなかった。この事件には何か裏があるのか。国家の安全を脅かすような秘密が隠されているのか。

「武川さんの言う通りですよ。これは、酔っぱらいのケンカです。私もそうだと思っています。しかし、そうもいかなくなってしまったんですよ。所轄の巡査が現場に駆けつけたとき、寺岡さんがこう言っていたんです。2号に詰め寄りながらこう言っていた。おまえはマルゲリだ。おまえがマルゲリだということはわかっている。これで済むと思うなよ。俺は絶対におまえを許さない。地の果てまで、地獄の底まで追ってやる」

7

マルクス主義者同盟ゲリラ戦貫徹派（通称、マルゲリ）は外堀大学を拠点とするセクトである。当時、ＧＫとマルゲリは敵対関係にあったのだが、寺岡のマルゲリに対する怒りは特に激しく、その怨念の深さは政治的対立の次元を超えていた。俺がそれを知ったのはＫさんの話を聞いたときだ。Ｋさんはの初期のメンバー。八〇年代初頭の堀大学生運動を寺岡とともに牽引した人なのだが、俺が堀大に入る前の八四年八月、この世を去った。年上の既婚女性と心中したのだ。Ｋさんは二四歳、相手の女性は三三歳だったという。

Ｋさんの死について寺岡はこう語っていた。

「Ｋは不倫で死んだことになっているけど、俺はそうは思っていない。Ｋは内ゲバで死んだんだ。Ｋはマルゲリに殺されたんだ。一九八三年三月八日、三里塚の空港反対同盟が北原派と熱田派に分裂し、その煽りで堀大でもリンチ事件が起きた。北原派支持のマルゲリが、熱田派支持の三人の活動家をリンチにかけた。Kはあれでおかしくなった。Kがリンチにかけられたわけではないが、あの時、Kはリンチという現実を突きつけられた。それでおかしくなった。あれからまともな判断ができなくなった。それで人妻とやっちまったんだ。みんなマルゲリのせいだ。俺は絶対にマルゲリを許さない」

警視庁公安一課の倉田は、メモから顔を上げてこう言った。

「本庁の人間である私が、なぜこの板橋署に来ているのか、おわかりいただけたと思います。時系列に沿って説明しますと、21時40分、板橋署から警視庁に連絡がありました。管内で内ゲバ事件が発生した。こっちでは手に負えない。誰か寄こしてくれ、と。寺岡さんが、マルゲリ、マルゲリと言ったので、所轄は内ゲバ事件だと判断したのです。それで、私が派遣されました」

「2号はマルゲリなんですか？」

俺はそう訊いた。倉田はこう答えた。

「武川さんは面通しに協力してくれました。GKの最高幹部という立場もあるのに、私に協力してくれた。そして、2号はマルゲリではないと断言してくれた。だから、私も正直にお話しします」

俺は「マルゲリではない」などとは言っていない。「初めて見る顔だ」と言っただけだ。が、倉田にとっては同じことなのだろう。

「うちのデータに2号の名前はありませんでした。が、わかりません。少し調べたのですが、2号は関西の出身で、マルゲリの拠点校の一つであるO市立大学を出ています。また、2号には地方公務員の妹がいるのですが、そこの組合にはマルゲリの人間がかなり入り込んでいる。だから、接点はある。マルゲリと無関係とは言い切れない。

だけど、武川さん、この際、2号がマルゲリかどうかなんてどうでもいいんですよ。重要なのは、みんながそう思っているということです。みんな見てたんです。所轄の巡査も、刑事も、居酒屋の店主も、従業員も、野次馬も、みんなそう思っている。おまえはマルゲリだ、おまえはマルゲリだと寺岡さんが2号に詰め寄っているところを。この事件、志村坂上では内ゲバ事件として語り継がれるでしょう。酔っぱらいのケンカというよりも、そう言った方が面白いから。人は面白い話に飛びつくんです。本当かどうかなんてどうでもいいんです」

1号も2号も自分が内ゲバ事件の当事者になるなんて夢にも思っていなかっただろう。あの二人はちょっかいを出す相手を間違えたのだ。

「しかしですね、武川さん、これ以上、面白い話にするわけにはいかないんです。うちとしてはここで収めたい。それで、武川さんに来ていただいたんです」

どういうことだと訊いたら、倉田はこう答えた。

「どうせ裁判になればわかることですのでお話ししますと、1号と2号は法廷警備員なんですよ。裁判所の衛視です。ようするに、こちら側の人間です。そういう人間がマルゲリとして裁判に引っ張り出されるというのは具合が悪い。法廷でそういうことを言われるだけでも困る。それで私もいろいろ考えました」

倉田は二つの案を提示した。

「一つは和解です。お互いに告訴をしない。被害届も出さない。ケンカをふっかけたのは1号ですから、寺岡さんとしては納得できないかもしれません。が、そこは堪えていただく。これは、寺岡さんのためでもあって、暴行傷害事件として進めた場合、寺岡さんには前科がありますから、いい結果が出るとは限らない。1号の顔面は腫れ上がっていますからね。過剰防衛と見なされるかもしれない。

二つ目は措置入院です。事件を闇に葬るのかと言われそうですが、そういうわけではありません。寺岡さんには本当に、2号がマルゲリだという確証があったのか。どうもそこがわからない。確証もなしにそう言ったのなら、寺岡さんは妄想に駆られていることになる。寺岡さんは病気です。

どうでしょう。武川さんが和解の方向で寺岡さんを説得してくれたら、向こうの二人は私が説得します。私が責任をもってやります」

8

黒のクラウンの中でデカ長から「逮捕はしていない」と言われたとき、俺は「措置入院だ」と思った。伊地知と同じパターンだ。寺岡もあっちの世界に行ってしまったのだと。それで、目の前が真っ暗になったのだが、寺岡は本当に病気なのか。

問題は、2号がマルゲリなのかどうかである。俺には2号がマルゲリだとは思えなかった。俺も多くのマルゲリを見て来たが、2号にはマルゲリの人間に特有の心の荒みを感じなかった。2号は背筋をピンと伸ばしてパイプ椅子に座っていたが、心の荒んだ人間はあんな風には座れない。が、寺岡は何らかの形で2号がマルゲリであることを知ったのかもしれない。これは寺岡に訊くしかない。

「倉田さん、わかりました。和解の方向で寺岡を説得します。会わせてください」

倉田は、よし、と膝を打ち、テーブルの上の子機を取った。

「倉田です。はい、そうです。えー、お願いします。そうですか。わかりました。では、これからそっちに行きます」

倉田と俺はエレベータで三階に行った。1号と2号がいたフロアだが、今度は3号と書かれた部屋に通された。中には寺岡がいた。

「すまん、巻き込んじまって。申し訳ない」

寺岡はそう言って、俺に頭を下げた。

「本庁の公安が出てくるなんて驚いたよ。こんな大事になるなんて思わなかった。本当に申し訳ない」

寺岡は正気だ。精神を病んだ人間は、こんな風には謝らない。もっと頑なな態度を取る。俺はそう思い、倉田は和解でまとめたいと言っている、俺もそれに同意したと伝えた。

「これで行きましょう。裁判なんてやったっていいことないよ」

「そうだけど、あの野郎、いきなり足を引っかけてきたんだ。あれは頭に来たぞ」

「あー、それね、向こうは、寺岡さんが先にガンをつけてきたって言ってるようですよ。何度も何度もガンをつけられたって」

「えー、俺、そんなことやってないよ」

「そうなの？」

「あー、わかった。トイレだよ。店に入った時からずっとトイレに行きたかったんだけど、なかなか空かないんだ。空いたと思ったら、すぐ次の人が入る。それで、ちょくちょくトイレの方を見てたんだけど、トイレはあの野郎の奥だ。それで、あの野郎、自分を見ていると勘違いしたんだよ」

なるほど。そういうことか。

「なんで初対面の人間にいきなり足を引っかけられなきゃならないんだって思っていたけど、向こうは向こうで、なんでガンをつけてくるんだと思っていたのか。わかった。納得した。武川、和解で進めてくれ。よろしく頼む」

「了解。じゃあ、公安と話をつけてきます」

俺はそう言って部屋を出た。倉田はエレベータホールにいた。マジックミラー越しに中を覗くようなマネはしたくなかったのだろう。

「倉田さん、説得しましたよ。本人もバカなことをやったって反省してますんで、家に帰してやってください」


一時間後、俺と寺岡はファミレスにいた。

「寺岡さん、なんで、おまえはマルゲリだーってやったの？」

「少しでも待遇をよくしようと思ったんだよ。でも、まさかこんなことになるとは思わなかった」

「どういうこと？」

「俺は過去に二回、逮捕されているわけだけど、一度目は待遇がよかったんだ。公務執行妨害で逮捕されたときは、刑事の対応も看守の対応もよかった。留置されている他の被疑者も丁重に扱ってくれた。この人は俺たちドロボーとは違う。思想犯だ、国事犯だとね。公安事件の被疑者って大物扱いされるんだよ。が、二度目は酷かった。酔っぱらいのケンカだからね。クズ扱いだよ。スリとか詐欺師とかそういうプロの犯罪者からもバカにされた。それで、パトカーが来た時、閃いたんだ。こいつをマルゲリってことにすれば内ゲバになる。公安事件になるってね。それで、こいつはマルゲリだーってやったんだ。向こうはびっくりしたと思うよ」

寺岡の思惑通り、ただのケンカが公安事件になった。本庁の公安一課が動く大事件になった。

「でも、反省しているよ。武川、前に江戸時代の詐病の話をしてくれただろう」

俺が成田で安倍弁護士から聞いた話だ。

「3号の部屋に一人でいたとき、あの話を思い出したんだ。こんなことをやっていたら、俺は信用を失う。みんなに見放される」

寺岡の目に涙が浮かんだ。こんなに弱々しい寺岡を見たのは初めてだった。

「武川、頼む。俺に何かやらせてくれ」

寺岡はテーブルに手をつき頭を下げた。

「正真正銘の公安事件でパクられたい。次は俺を使ってくれ」

俺は悲痛なものを感じた。それでこう言った。

「わかりました。誰かがパクられなきゃならないって時は、寺岡さんのところにボールが行くようにしますよ」

「そうか。そうしてくれるか。武川、ありがとう。俺、公安事件の被疑者として逮捕されるなら何でもやるよ」

「その時は頼みます」

「うん」

寺岡の顔に朝日が射した。夜が明けたのだ。寺岡は目を細め、笑みを浮かべながらコーヒーをすすった。次は公安事件の被疑者として監獄に入れる。それが嬉しかったのだろう。

俺は思った。この人は本当に正気なのか。

第二話　ランボーみたいな人

「ランボー、任務終了だ。もう終わったんだ」

「何も終わっちゃいない。何も。勝手に終わりにしないでくれ」

映画『ランボー』より

1

東京郊外、武蔵野の土と緑の残るK市に来たのは五年ぶりだった。前にここに来た時は市議会議員選挙の真っ最中で、私がK市の地を踏んだのも、市議会議員候補として選挙戦を戦っていた元赤軍派議長の塩見孝也氏を応援するためだった。

選挙の後、塩見さんは体調を崩して入院。そして、二年後には鬼籍に入られた。それで、私とK市の縁も切れたと思っていたのだが、「塩見先生を偲んで一杯やりましょう」という手紙が届き、また来ることになった。手紙をくれたのは、晩年の塩見さんの飲み友達だったF川さんである。

少し時間があったので、K駅から都立K高校のあたりまで歩いてみた。

午後の五時、買い物客で賑わっているはずの商店街にもほとんど人影がない。前に来た時よりも人口が少なくなったような気がする。五年前、塩見さんは「わいが市議会議員になったら、この町はもっと元気になるでぇ」と言っていたが、この寂しい光景を見たら何と言っただろうか。

F川さんは偲ぶ会の会場として、「塩見先生とよく行った」というMを指定した。Mは駅前の商店街にある大衆食堂で、F川さんの説明はこうだった。

「Mはテレビドラマの『昭和回想シーン』のロケ地としてよく使われる店で、地元では有名です。最近は観光名所のようになっていて、若い人や外国人もよく来ます」

暖簾をくぐり、引き戸を開けて、なるほど、と思った。Mは昭和式大衆食堂の見本のような店だった。黒ずんだ床の上に安っぽい合板のテーブルと安っぽいパイプ椅子が並んでいる。壁のあちこちにマジックインキで書かれたメニューが貼られている。そして、地震対策なのか、太い鉄パイプが天井を支えるように立っている。たしかに、昔はこんな大衆食堂があちこちにあった。子供の頃、私が住んでいた町の駅前にも、私の高校があった町の駅前にも。

Mでは客も昭和になりきっていた。そんなジャンパー、まだ売ってたの？　と思うようなドカジャンを着たおっさん、そんなパーマ、どこでかけるの？　と思うような昔のホステスさん風のパーマをかけたおばさん、また、学生運動に挫折して今はストリップ劇場で照明係をやっていますといった雰囲気の顔色の悪い男など、昭和の時代からタイムスリップしてきたんじゃないかと思うような人たちで賑わっていた。F川さんは「MはK市一の観光名所」と言っていたが、K市の観光課か地域振興課が昭和のドラマを専門にしている芸能プロダクションと契約して役者を派遣してもらっているんじゃないかと思うくらいの、見事な昭和っぷりである。

F川さんは約束の時間ちょうどに現れた。

「お待たせしました。塩見先生の選挙の時は大変お世話になりました」

F川さんはそう言って、私の前の席に腰を下ろした。胸に「F川運輸」という刺繍の入った緑色のフリーツを着ていた。

「実は、先生が心臓の病気で倒れた後、私も体調を崩しましてね。それで、ずっと引き籠もっていたんですが、やっとよくなりました」

F川さんは塩見さんよりも一回り年下の一九五三年生まれ。六十代の後半になるわけだが、歳よりもずいぶん老けて見えた。五年前に会った時はその逆で、「六十代ですよ」と言われたときには驚いたほど若く見えたのだが、F川さんもあの選挙で燃え尽きてしまったのか。

「どうですか。年季の入った店でしょう。塩見先生と飲むときはたいていここでした。先生は飾らない人でしたからね。こういう店でよかったんです。もちろん、お金がなかったというのもあったんでしょうけど」

F川さんは目を細めて店内を見回した。

「ハハハ、ここは変わりませんね。実は、ここに来るのは久しぶりなんですが、先生と来ていた頃と全然変わらない。テーブルの高さが揃っていないのも、椅子の型がマチマチなのも変わらない。そりゃそうですね。昭和の時代から変わらないというのがこの店の売りですから、二、三年で変わったらおかしいですね。しかし、本当に変わらない。今すぐにでも塩見先生が入ってきそうだ」

F川さんは店の入口に目をやった。今は亡き塩見孝也の姿を探すように。そして、手の甲を目に当てた。涙を押さえるように。

2

F川さんが塩見さんと知り合ったのは、F川さんが隣のH市からK市に引っ越してきた十年前。近所の人に、あそこに偉い先生が住んでいるから挨拶をしておくといいと言われ、蕎麦をもって挨拶に行ったのが二人の交友の始まりだったという。それから、朝の散歩を一緒にするようになり、一緒に飲みに行くようにもなる。

「週に一回はやっていましたね。夕方になると電話がかかってくるんですよ。どうや、と。それで、私もいろいろ声をかけて、仲間を集めて、みんなでワイワイやりました。みんな大喜びですよ。だって、塩見先生は革命家ですよ。世界革命を目指している人ですよ。そんな人が親しくしてくれるんです。一緒に飲んでくれるんです。そんなありがたいことがありますか。先生と過ごした時間は、本当に私の宝物です。どんな話をしたか。そうですね。何でもありでしたね。マルクスとか共産主義とか、そういうのはみんなチンプンカンプンですから、もっと大衆的なというか、野球の話、サッカーの話、塩見先生が観た映画の話、塩見先生が読んだ本の話。そんなところですか。昨日のナイターは観たか。あれはなあ、継投ミスや、とか、そんな風に先生が話していくんです。私らはみんな聞き役です。聞き役に徹していました。ちょっとでも反論すると大変なことになりますからね。ハハハ。あっ、マルクスの話をするときもありましたよ。先生の昔のお仲間とか、マスコミの人とかが来た時は、マルクスとかレーニンとか、あと、ゲバラですかね、そういう人たちの話もしていました。激しかったですよ。口角泡を飛ばして、おまえの考えは間違っているーとやっていました。どっちが正しいかなんて私らにはわかりません。でも、迫力ではいつも塩見先生が勝っていましたね。本人もいつも言っていましたよ。今日はわいの勝ちやな、とね。あの人はそういう人なんですよ。プレイヤーであり、審判でもある。自分が審判なんだから、負けるわけがない。どんなに劣勢でも、わいの勝ちやな、で終わる。

いい気なもんだと思ったこともありますよ。ハハハ。でも、ああいうのをポジティブシンキングっていうんでしょうね。ある人が言っていました。あの人はどんな悲惨な状況に置かれても、それを自分に都合よく解釈する強靭な精神力を持っていると。私もそう思いました。あの精神力はハンパじゃないですよ。

だって、獄中二十年ですよ。塩見先生は二十年も監獄に入れられていた。なのに、あの笑顔です。一点の曇りもない笑顔。慈愛に満ちた笑顔。普通、二十年も監獄に入れられたら暗い人間になりますよ。笑顔なんて消えてなくなります。だけど、あの人は違った。獄中二十年という酷い目に遭っても笑顔を失わなかった。国家権力もあの人からは笑顔を奪えなかったんです。すごい人ですよ。人間はあそこまで強くなれるんです。私はあの人を世界遺産だと思っています。

そうそう、仲間の一人は先生の笑顔を奇跡の笑顔と呼んでいました。こんなこと言うと変な風に思われるかもしれませんけど、先生と一緒にいると本当に奇跡が起きるんですよ。たとえばですね、夕方、先生から電話がかかってくるでしょう。どうや、と。それで、みんなでこの店で待つんです。入口のほうを気にしながら。そして、先生が入って来る。先生はたいてい少し遅れて来るんですけど、ガラガラっと戸を開けて入って来る。すると、店の中がパーッと明るくなるんです。もちろん、他の客や店員は塩見先生がどういう人かなんて知りません。でも、みんなわかるんです。あの人は特別な人だと。それはわかるんです。そして、ワクワクしてくるんです。塩見先生が同じ空間にいるというだけで、みんなワクワクしてくるんですよ。さっきまで泣いていたやつも笑顔になる。さっきまで怒鳴り声をあげていたやつも笑顔になる。塩見先生はそういう不思議な力をもつ人でした。先生はよく若い人も連れてきましたけど、みんな言っていました。あの笑顔を見ると癒されると。頑張って生きていこうという気になると。それもわかります。だって、あの先生も頑張って生きていましたから。

塩見先生は一九七〇年に逮捕され、一九八九年の十二月に出てきたわけですが、戸惑ったと思います。世の中、ガラっと変わっていて、戸惑ったと思います。赤軍派という組織を代表して監獄に入ったのに、娑婆に出てきたときには組織はない。二十年も獄中で戦っていたのに、娑婆は平和そのもの。戸惑ったと思います。

ランボーって映画はご存じですよね。シルヴェスター・スタローンのやつです。ベトナム帰還兵が大暴れするやつです。私はランボーを観て、塩見先生の心の痛みを理解しました。ランボーは心に深い傷を負っていたわけですが、塩見先生も同じです。深い傷を負っていた。にもかかわらず、いつもニコニコされていた。その笑顔に癒し効果があるのは当たり前です。私も何度、あの笑顔に救われたことか」

3

しかし、世界遺産の笑顔も曇ることがあったという。

「連合赤軍の話になると笑顔は消えました。普段の飲み会では、地元の人間だけで飲んでいるときは連合赤軍の話が出るようなことはありません。みんなそっち方面には興味がなかったというか、あまりにも遠い世界のことなんでピンとこなかったんです。だけど、革命関係の方やマスコミ関係の方が来ると必ず連合赤軍の話になりました。避けては通れないことなんでしょうね。その時は笑顔なんてありません。先生は暗い顔をしていました。それで、店全体が暗くなりました。天照大神が天岩戸に隠れたときもこうだったのかと思うくらい、店全体が暗くなった。そりゃそうですよね。

リンチ殺人事件の被害者は先生の同志。そして、加害者も先生の同志。同志が死んだ、同志が殺されたというだけでも辛い話なのに、殺した方も同志だったというのですから目も当てられない。笑顔なんて吹っ飛びますよ。塩見先生の笑顔は国家権力でも奪えなかったわけですが、同志の死、同志の罪というものは、国家権力が科すどんな罰よりも重いものなんでしょう」

F川さんは手に持っていたコップをテーブルに置いて、ふうと溜息をついた。深く重い溜息だった。そして、コップをじっと見ながらこう言った。

「しかし、責任問題というのはどうなんでしょう。浅間山荘事件が起きたのは一九七二年の二月です。塩見先生は一九七〇年三月の時点で逮捕されていますから、事件が起きた時は監獄の中です。また、連合赤軍と赤軍派は違う組織です。会社でいうと連合赤軍は新会社です。もちろん、メンバーの半分は塩見先生のお弟子さんですから無関係とはいえません。でも、連合赤軍という組織がやったことに塩見先生が責任を取る必要はない。私はそう思います。塩見先生に責任はないと。しかし、革命関係の人たちはそうは思っていないようでした。すべて塩見の責任だと言っていました。塩見の武装闘争路線があの事件を引き起こした、塩見の理論が間違っていた、塩見の指導が間違っていたとね。そんな風に言われて、先生はずいぶん苦しんでおられました。先生が帰られた後、残った仲間とよく話しました。しかし、塩見先生は、我々のような人民大衆には想像もつかないような重いものを背負っておられる。しかし、我々大衆の前ではいつもニコニコされている。革命の指導者は大衆にしょぼくれた顔を見せたらあかん、大衆の前ではニコニコしていなければならんと思っておられるのだろう。本当に偉い人だ。天皇陛下のようなお方だ。そんな風にみんなで話し合いました」

F川さんは「塩見先生に責任はない」と言った。たしかに、連合赤軍が起こした事件に関して、塩見さんが刑事責任を問われることはなかった。が、少なからぬ人たちが、「塩見の責任だ」と言っているのも事実である。


責任問題について塩見さん本人はどう考えていたのか。F川さんはこんな話を聞かせてくれた。

「忘れもしません。あれは選挙の年の二月、雪の降る日のことでした。先生から電話があったんです。相談したいことがあると。それで、私は駅前のファミレスに行きました」

F川さんが来ると、塩見さんはこう言ったという。

「実は、こんどの市議会議員選挙に出馬しようと思っているんや。が、それを決める前にケリをつけなあかん問題がある。連赤問題や。連赤問題についてのわいの立場をはっきりさせなあかん。わいの責任を明らかにしなきゃならん。今、それをやっておかないと、候補者同士の討論会やなんかでつつかれる。それで、いろいろ考えておるんやが、なかなか整理がつかんのや」

塩見さんにこう投げかけられて、F川さんはこう答えたという。

「先生に責任はありません。先生は監獄の中にいたんですから関係ありません。塩見責任論は先生を陥れる陰謀です。そんなものは粉砕しましょう。私も一緒に戦います。先生、ランボーみたいに大暴れしましょう」

F川さんのこの熱い申し出に塩見さんは穏やかな声でこう応えたという。

「F川さん、落ち着いてください。あなたも過激になりましたね」

塩見さんはそう言って笑顔を見せると、次の瞬間、ふっと真顔になって、自問自答するようにこう言ったという。

「おかしなもんや。塩見の責任だーと言われると、それは違うだろうと思う。しかし、おまえのせいじゃない、おまえには責任はないと言われると、いや、わいの責任やと言いたくなる。おかしなもんや。選挙の前にケリをつけようと思っていたけど、無理やな。この気持ちは、死ぬまで整理はつかんやろな」

F川さんは、「この日の塩見先生の言葉は一番大事な宝物です」と言っていた。「敬愛する塩見先生の胸の内を見ることができて感動した、その日の夜は興奮して眠れなかった」と言っていた。

「二〇一七年十一月、塩見先生は永眠されました。訃報を聞いたとき、私は悲しくて悲しくてどうしようもなかったんですが、こうも思いました。あー、これで先生は連赤問題から解放された、もう悩まなくていいんだ、もう苦しまなくていいんだと。先生は本当に苦しんでいたんです。それなのにニコニコしていた。あの笑顔の裏にどんだけの苦しみがあったのか、それを思うと私はもう胸が張り裂けそうになって……」

F川さんの話を聞いて、寺岡修一という人を思い出した。二十年前、四十歳を少し越えた頃の寺岡が同じことを言っていたからだ。

「おまえのせいだと言われると、それは違うだろうと思う。だけど、おまえのせいじゃないと言われると、いや、おれのせいだと言いたくなる。これって、なんなんだろうね」

寺岡にそう言われた時は、それがなんなのかわからなかったが、塩見さんも同じことを言っていたのなら、こういう心理も珍しいものではないのかもしれない。

寺岡修一は大学の先輩で、やはり、世界革命を目指す革命家だった。そして、寺岡も「ランボーみたいな人」と呼ばれていた。

4

寺岡修一は外堀大学の先輩に当たるのだが、私が堀大に入学したのは一九八五年、寺岡は八四年の春に中退しているので、大学にいた時期は重なっていない。が、寺岡は中退してからもちょくちょく学生会館に顔を出していたので、ちょくちょく顔を合わせていた。

寺岡と最後に会ったのは二十年前、寺岡が二度目の離婚をして、東京を離れることが決まったときだ。

「秋田県に引っ越すことになった。伯父のやっている材木屋を手伝うことになったんだ」

それで壮行会のようなものをやったのだが、その時、学生運動、革命運動の世界に入った経緯について聞いた。それまでにも聞く機会はたくさんあったが、そういう話にはならなかった。いつでも聞けると思っていたのだ。が、「秋田県に行く」と言われて、これが最後の機会とばかりにいろいろ聞いた。

「世界革命しかないと思うようになったのは堀大に入ってからだよ。高校時代はノンポリだった。陸上部で長距離の選手をやっていた。が、堀大に入って俺は変わった。高校時代の友達がみんな離れていくくらい変わった。世界革命だーとか言っているんだから、そりゃ、みんな離れていくよな」

寺岡が入学した頃の外堀大学はどんなところだったのか。

「俺は一九八〇年に外堀大学文学部哲学科に入学したわけだけど、入学当初はいろいろ戸惑ったね。市ヶ谷の街も、飯田橋の神楽坂も八〇年代をしているのに、堀大のキャンパスの中、とりわけ学生会館の中は六〇年代のまんま。六〇年代っぽいポスターがあちこちに貼ってあって、長髪でだらしない格好をした学生がウロウロしている。ロックスターもこざっぱりした格好をする時代になったというのに、学館には六〇年代の落武者のようなのがいる。そして、そういうのが幅を利かせている。なんだこれはと思ったよ。あの頃、高校時代の友達はみんなテクノとかフュージョンとか、そういう音楽を聴いていた。八〇年代なんだから、それが当たり前だった。なのに、学館は四畳半フォークの世界だ。

そして、学生運動だ。俺の世代は新人類とか、しらけ世代とか言われていて、学生運動には否定的とされていたけど、堀大は違った。しょっちゅう学生集会をやっていて、みんな熱くなっていた。

全然しらけてなかった。はじめは、なんでこんな時代遅れなことをやっているんだと思ったね。こんなことやってなんか意味はあるのかと。それで関わらないようにしていたんだけど、目の前でやっているんだから、やっぱり気になる。それで、結局、俺も運動に参加するようになった」

どういう経緯で参加するようになったのか。

「夏休みが終わって後期が始まってからだ。哲学科のクラスメートに先に運動に参加していたやつがいて、そいつに誘われたんだよ。来週の集会は重要な集会だからおまえも来いと。そいつは三里塚闘争を戦うために堀大に来たっていう、ちょっと変わったやつだったんだけど、そいつから、文学部の自治会は白ヘルのマルゲリ(マルクス主義者同盟ゲリラ戦貫徹派)が仕切っているけど、学術団体の哲学会はノンセクトの黒ヘルだ。おまえはノンセクトタイプだから哲学会のほうがいいだろうとか言われてね。それで哲学会の先輩を紹介してもらって、哲学会の一員として集会に出た」

学術団体とは「○○研究会」という学習サークルの連合体で、外堀大学では各学部各学科に学術団体があった。哲学会は文学部哲学科の学術団体で、寺岡が入学した当時はカント研究会、ヘーゲル研究会、サルトル研究会などがあった。どの研究会も元々は教授が行うゼミを補完するサブゼミのようなものだったらしいが、それがいつしか「学生が自主的に学ぶ場」となり、寺岡が入った頃には「活動家の巣窟」と化していた。

寺岡はクラスメートに薦められて「ノンセクトの哲学会を選んだ」というが、このクラスメートの言うことを素直に聞いたのは「こいつには、セクトかノンセクトかは親の職業で決まるという理論があって、その理論に説得力があった」からだという。

「親が社会的地位の高い立派な人だと子供はセクトに行くんだって。そういう親は体制派で反動的。だから、子供が学生運動をやりたいと言っても絶対に認めない。子供が学生運動なんてやったら勘当する。家から追い出す。だから、そういう家で育ったやつは思い詰める。家を取るか、運動を取るかの選択を迫られるからね。それで、よし、やるなら本気でやろう。セクトに入って本気で革命を目指そうという気になる。まあ、セクトという組織的背景を持たないと親に対抗できないというのもあるのかもしれないけど。

一方、親が自営業者だと子供はそこまで追い詰められない。そういう親は子供が学生運動をやっても、勘当だーとか言わないからね。だから、子供も気軽だ。それで、のびのび運動ができるノンセクトで適当にやる。そのクラスメートはこういう理論を持っていてね。俺の親父は自営業者だって言ったら、じゃあ、おまえはノンセクトタイプだ、親がたいしたことないやつはノンセクトだといって哲学会を紹介してくれたんだ。そのときは、なんかバカにされているような気がしたけど、これって当たっているよな。マルゲリを見るとわかるけど、セクトの活動家の親って、大学教授とか、高級官僚とか、大企業の重役とか、そういうのばっかりだからね。そこいくと黒ヘルの親はほとんどが自営業。たいしたことない」

たしかにそうだ。私の知っている活動家の顔ぶれを見てもこれは当たっている。例外もないことはないが、基本的にノンセクトの親に驚くような人はいない。そして、みな学生運動にも寛大だ。

が、マルゲリの親はそうではない。学生運動など絶対に認めない。だから、マルゲリの活動家は親と絶縁する。運動を続けるにはそうするしかないからだ。が、親にはそれがわからない。親の度量の狭さが子供をセクトに追い込み、親子の関係を修復不可能なものにしているのに、親はそれに気がつかない。

ともあれ、こうして寺岡はノンセクトの黒ヘル活動家になり、「八〇年代日本学生運動の最大の闘争」と言われる町田移転阻止闘争に参加することになる。

「町田移転阻止闘争は俺が入学する前の七九年から始まっていたんだけど、本格化したのは八〇年になってからで、俺が最初に出た集会が、「町田移転阻止」を掲げた最初の全学集会だった。「1000人集会」と打ち出されていたんだけど、本当に千人集まったんでビックリしたよ。これはすごいとね。それで、よし、やるぞという気になった。あの集会で俺の人生は変わった」

5

東京の多摩地区、町田市への移転計画が学生の前に明らかになるのは一九七九年。当時の外堀大学総長は「十年を目途に全学移転する」と言っていたというから、当初はそういう構想だったのだろう。が、大学内がまとまらず、結局、経済学部と社会学部が先行移転することになる。

この「総合計画・町田移転」を粉砕すべく、学生は「町田移転阻止闘争」を組織していくのだが、これが外堀大学生運動の最後のピークだったといえる。

町田移転阻止闘争では千人を超す学生が学生集会に集まり、キャンパスは「町田移転阻止」の声で埋めつくされた。私が入学した一九八五年にも学費闘争があったが、集会の参加者は最大でも三百人。桁が違うのだ。

なぜ、学生たちは移転に反対したのか。黒ヘルのリーダーの一人として移転阻止闘争を牽引した寺岡の解説はこうだった。

「移転に反対した理由はいろいろあったよ。まずは、外堀大学の筑波大学化を阻止せよ、ってやつだね」

七〇年代、多くの大学がキャンパスを郊外に移した。中央大学のように全学移転したところもある。この郊外への移転という動きは政府文部省が主導したもので、政府は「郊外に移転せよ」というだけでなく、新キャンパス建設のための費用も助成金という形で出した。

なぜ、政府はそうまでして大学を郊外に移そうとしたのか。学生たちは「答えは、筑波大学を見ればわかる」とした。

東京教育大学が筑波大学に名を変え、茨城県つくば市の「筑波教育研究学園都市」に移転したのは一九七三年。大学の郊外移転はここから始まるのだが、人里離れたつくば市に生まれた筑波大学では、学生運動潰しが露骨に行われていた。これを見て学生たちは「郊外移転は学生運動潰しを目的としたものだ」と思ったのである。

「大学は、学生のために広々としたキャンパスをとか、勉強に集中できる静かな環境をとかいろいろいうけど、全部、ウソっぱちだ。移転の目的は学生運動潰しだ。学生の声を圧殺するためだ。移転を許したら、外堀大学も筑波大学のようになる。学生管理が強化され、自由のない大学になる。たしか、そんなことを言ったと思う。でもね、こういう問題の立て方だと、なかなか学生は乗ってこないんだよ。話が抽象的だから」

それで、だんだん具体的な問題、つまり、生活に密着した問題に話を移していったという。たとえば、二部生の問題。多摩キャンパスへ行くには新宿から西八王子まで電車で四十分、そこからバスで三十分。昼間、都心で仕事をしている二部の学生は、とうてい、通えない。また、移転する経済学部と社会学部の学生も引っ越しを余儀なくされる。いったい、どうしてくれるんだと。

が、学生からこういう声が上がることは大学も想定していたことで、「二部の授業は引き続き市ヶ谷の本校で行う。経済学部と社会学部に関しても、多摩キャンパスを使うのは八四年度の新入生からとする。在学生の授業は引き続き市ヶ谷で行う」とする。

「だから、おまえたちには関係ない。黙っていろ、と大学は言ってくるわけだけど、ここで学生の怒りが爆発するんだよね。そういうやり方が気にくわないんだよと」

その通りだと思った。私は八五年の学費闘争に参加したのだが、その時もそうだった。あの時は「移転のツケを学生に回すなんて許せない」というところから入ったのだが、学生はなかなか乗ってこない。移転なんて過ぎたことじゃんという感じだった。

それで、「今だって学費は家計を圧迫している。これ以上、高くなったらやっていけなくなる」などと具体的な話に移っていくわけだが、大学も学生が値上げに反対するのはわかっているので、「学費が上がるのは八六年度の新入生からとする。在学生の学費は上げない」と言ってくる。「だから、おまえたちには関係ない。黙っていろ」と。これで学生の怒りに火が付いた。そういうやり方が気にくわないんだよと。

学生の怒りに火を付けるのは、大学の態度なのだ。学生を小馬鹿にした態度。大人が決めたことに文句を言うなという傲慢な態度。学生はそれを見て、「なめんな、この野郎」と立ち上がるのだが、大学にはそれがわからない。なぜ、学生が怒っているのかわからない。なぜ、刃向かってくるのかわからない。「あいつらは気が狂っている」としか思わない。それで、機動隊を導入する。それがまた学生の怒りの炎にガソリンをかけることになるとは思わずに。

6

こうして町田移転阻止闘争は盛り上がっていき、一九八二年には全学ストライキ実行委員会、通称、全学スト実が結成され、三波にわたる全学ストライキが決行される。

「それまでにもBBSPをやったり、バリストをやったり、いろいろやったけど、そういうやり方だと説得力がない。一部の暴力学生が暴れているだけって感じにしかならない」

ＢＢＳＰとは爆竹、バルサン、スプレー、ペンキのこと。この４点をもって試験会場の教室に乱入し、爆竹で会場を混乱させ、バルサンで学生を燻りだし、ペンキを答案用紙にぶちまけて試験を実力で粉砕する。そして、スプレーで教室の壁という壁にスローガンを書き殴っていくのだが、これでは「暴力学生」と言われてもしょうがない。暴力学生そのものである。

「それで、こんなことやっていてもしょうがないから、きちんとスト権を確立して合法的なストライキをやろう、ということになったんだ。しかし、ここで問題が発生する」

スト権は自治会で確立しなければならない。しかし、ノンセクトの黒ヘルが執行部を握っているのは社会学部の自治会だけ。全学ストライキをやるには他の自治会を握っている白ヘルのマルゲリとも手を組まなければならない。

「マルゲリと一緒にやるのはいやだという人はたくさんいた。マルゲリと一緒にやると大衆の支持を失う、逆効果だという人もたくさんいた。でも、ここは一緒にやろうということになった。目の前に共通の敵がいたから。敵の敵は味方の論理だよ」

こうして白と黒の共闘が実現し、全学陣形が整い、全学スト実が結成されるのだが、八二年度の終わり、一九八三年の三月八日、この陣形は崩壊する。三里塚空港反対同盟の分裂、三・八分裂だ。この分裂の煽りを受けて学生会館でリンチ事件が発生する。北原派支持のマルゲリが、熱田派支持の黒ヘルをリンチにかけたのだ。

「熱田派支持の学生は片っ端からマルゲリの自治会室に引っ張り込まれて、そこで自己批判を要求されるんだよ。自己批判を拒否すると、殴られる、蹴られる。監禁状態で逃げることもできない。熱田派の集会には行きません。北原派を支持しますと言うまで解放されない。一番、ひどい暴行を受けたやつは、昼に捕まって、翌朝まで監禁されて、そのまま病院に行ったよ」

こうして白と黒の共闘関係は崩れ、八三年度は闘争が組めなくなる。

「八三年度はオタオタしているうちに終わってしまった。みんな、すっかりニヒルになって、どうしようもなかったよ」

そして、一九八四年四月の多摩キャンパス開校をもって町田移転阻止闘争は終結する。

「負けたと思ったよ。俺は執行部の一人だったから責任があるわけだけど、どう責任を取ったらいいのかと思ったよ」

寺岡は卒業しないで中退したが、あれは敗北の責任をとったのか。

「あの時はそうとは言わなかった。卒業するやつに悪いからね。でも、そういう気持ちはあったよ。千人もの学生を引き回して、それでいて、なんの成果も出せなかったんだ。そんなやつが卒業していいのかと思ったよ。もちろん、ストの過程でさんざん教授たちとやりあったんで、授業に出る気がしなくなったというのもあったけどね。でも、やっぱり、卒業するわけにはいかないなという気持ちが強かった」

敗北したのはマルゲリが裏切ったからで、黒ヘル執行部に責任はないという人も多いが。

「俺はそういう立場には立たない。というのは、はなからマルゲリのことは信用していなかったから。マルゲリはセクトだ。セクトは運動全体の利害よりもセクトの利害を優先する。そんなことはわかっていた。というか、セクトのそういう体質への批判からノンセクトは生まれたんだから、それは運動をやる上での大前提だ。だから、セクトであるマルゲリの裏切りを言い訳にしてもしょうがない」

裏切られるとわかっていて組んだのか。

「元々、マルゲリは移転阻止闘争に乗り気ではなかった。当局と裏で話がついていたんだろう。しかし、多くの学生が反対の声を上げているのを黙って見ているわけにもいかない。それだと裏取引がバレるからね。だから、こっちが一緒にストをやろうと呼びかけると飛びついてきた。これで格好が付くと思ったんだろう。が、その時から、どこで引くかを考えていたはずだ。おそらく、全学ストをやれば黒ヘルは満足する。そんな風に考えていたと思う。が、黒ヘルは満足しないで二波、三波とストを続けた。あれでマルゲリは慌てた。こいつらどこまでやる気なんだ、八三年度はどうなるんだと。

そこに三・八分裂が起きた。マルゲリにとっては天の助けだ。移転阻止闘争を潰すために黒ヘルを潰せ、というわけにはいかない。いくらなんでもそれでは部隊が動かない。が、三里塚闘争を守るために脱落派の黒ヘルを一掃せよ、なら名文が立つ。それで、あんなことをやったんだ。やつらは移転阻止闘争を潰すために、三・八分裂を利用したんだよ」

そこまでわかっていたのか。

「いや、当時はそこまでわからなかった。あたふたしていたよ。反対同盟が分裂するなんて夢にも思っていなかったからね。マルゲリはなんらかの形で裏切るだろうとは思っていたけど、それはまだ先のこと、八三年の暮れから八四年の春にかけてのことだと見ていた。こっちは八三年度の後期試験はもちろん、八四年春の入試も粉砕する気でいたからね。大学とぶつかるのもマルゲリとぶつかるのもそこだと思っていた。だから、八三年三月の時点ではのんびり構えていた」

三・八分裂なんて予想できないことなんだから、やっぱり執行部の責任とはいえないんじゃないのか。

「いや、やっぱり執行部の責任だよ。だって、マルゲリと組むのはいやだという声の方が多かったんだ。圧倒的に多かった。なのに、俺たち執行部はそれを潰した。合法的な全学ストライキという言葉の響きにやられて俺たちは大衆の声を無視した。きれいな闘争がやってみたいというスケベ心が出たんだ。闘争の中身よりも形式にこだわったんだ。それが、移転阻止闘争の敗因だよ。あそこで道を間違えた。あの時、マルゲリなしで戦う道を追求すべきだったんだ」

7

寺岡は自分に厳しい。そう思った。

「そんなことないよ。俺なんてデタラメな人間だよ」

でも、そこまで敗北と向き合う人って、なかなかいないと思う。

「それはそうかもしれないけど、闘争の敗北と向き合うなんて大したことじゃないよ。離婚と向き合う方がよっぽどしんどい。俺の場合、離婚したのは二回だけど、同棲にも二回、失敗しているからね。本当にダメな男なんだと思っている」

しかし、それってモテモテってことじゃないの。次から次へと女の人が現れるんだから。

「そんなことないよ。いつも捨てられるんだから」

なんで、上手くいかないの？

「俺は結婚してはいけない人間なのかもしれない。今はそう思っている」

どういうこと？

「実は、堀大に入った時、俺には高校時代から付き合っていた彼女がいたんだ。その人のことがずっと尾を引いているのかもしれない。それなのに結婚したから、上手くいかなかったのかもしれない。彼女の夢をよく見るから、もしかしたら、寝言で彼女の名前を呼んだりしているのかもしれない。それで捨てられるのかもしれない」

どういう人だったの？

「由香さんという人。付き合うようになったのは高校に入ってからだけど、家が近くて、小、中も同じ。幼馴染みだよ。彼女は高校を卒業すると女子大の家政科に進んだ。保母さんになるって言っていたけど、本当にそうなった。今は地元の幼稚園の園長先生をやっている」

その人は結婚しているの？

「いや、独身だ。未婚のまま四十路を越えた。ま、昔と違って今はそれも珍しくない。地元の連中はあれこれ言うけど、他人が口を出すことじゃない」

その人とはなんで別れたの？

「俺が堀大に入って世界が違っちゃったんだよ。堀大は日本学生運動の不抜の拠点。女子大の家政科とは全然世界が違う。俺が何をやっているのか、彼女には見当もつかなかったと思う。たまに、学生運動の話をしてもまったくわかってくれない。バカじゃないって言うだけ。移転強行は許せないんだーとか言っても、大学がそう決めたんだからしょうがないでしょう。だいたいそれ、経済学部と社会学部の話でしょう、あなたは文学部なんだから関係ないじゃないと言われるだけ。デートのコースも渋谷にこういう喫茶店ができたから行ってみたいとか、パルコでこういうことやっているから見に行こうとか、ＹＭＯのコンサートに行きたいとか、そういう感じで、それこそ八〇年代なんだ。だから、彼女と話をしていると堀大の運動が遠い世界のことのように思える。が、翌日、学館に行くと、今度は彼女が遠い世界の人と思えてくる。パラレルワールドを行ったり来たりしているような気分だったね。

それで、日に日に話が合わなくなって、二年生になるとデートもあまりしなくなった。俺も哲学会の執行部に入って、いろいろ忙しくなったんだ。それでも付き合っていたんだけど、一九八二年のある夏の日、別れましょうということになった。お互い相手の親とも上手くやっていて、大学を卒業したら結婚するんだろうなと思っていたんだけど、彼女との関係はそこで終わった。すっごく悲しかった。だけど、気持ちが楽になったというのもあったね。それまでは、彼女を取るか、運動を取るかの葛藤があったから。が、彼女と別れて葛藤はなくなった。それで、学生運動にのめり込んで行ったというのもある。今思うと、彼女を失って心にポッカリと穴が空いて、その穴を埋めるために運動にのめり込んだのかもしれない」

その人とは、それっきり会ってないの？

「いや、二五歳のときだったかな、高校の同窓会で会ったよ。そのときは挨拶をしたくらいで、特に何を話したわけじゃないんだけど、数日後、彼女から手紙が来た。ランボーを観ろって書いてあった」

詩人のランボー？

「いや、映画のランボー。シルヴェスター・スタローンのランボーだよ」

8

由香さんからの手紙には、こう書いてあったという。

付き合っていたとき、学生運動の話をよくしてくれたけど、私にはチンプンカンプンだった。

遠い国の話を聞いているような感じだった。でも、ランボーを観てわかりました。あなたもランボーみたいに遠い国で戦っていたんですね。ボロボロになるまで戦っていたのね。それがやっとわかった。

でもね、ベトナム戦争はとっくく終わっているの。学生運動も同じ。とっくの昔に終わっているの。

その現実を受け入れてください。ランボーみたいな人にならないでください。


「その頃の俺は岩波ホールでやっているような小難しい映画しか観てなかったんで、ランボーなんてハリウッド映画には全然興味がなかったんだけど、由香ちゃんが観ろというんで、レンタルビデオで観たよ。

あの映画、ベトナム帰還兵がアメリカの平和な生活に馴染めないって話だろう。彼女には、学生運動をやって大学を中退して就職もしないでブラブラしていた俺がそんな風に見えたんだと思う。あの頃は髪の毛もボサボサだったから、そんな感じだったんだろう。

レンタルビデオでランボーを観て、また、彼女の手紙を読んだら、涙が止めどなく流れてきた。彼女は別れてからも俺のことを忘れないで、俺のことを考えていてくれた。そう思ったら涙が止まらなくなった。別れたときよりも、このときの方が悲しかったね。失ったものの大きさを思い知ったよ」

よりを戻そうとは思わなかったの？

「それはなかった。よりを戻すってことは、俺が間違っていたと認めることになる。が、あの頃は間違っていたとは思っていなかった。運動を通じて学んだこともあったから」

あの頃は？

「うん、今はよくわからない。学生運動から学んだことはいろいろある。が、失ったものも多い。それに、何だかんだ言っても俺は敗者だ。運動をやっていたと威張れるような立場じゃない。しかも、負け方が悪すぎる。さっきも言ったけど、俺は大衆の声を無視してセクトと組んだ。スケベ心を出してセクトを利用しようとした。俺は一番大切なものを裏切ったんだよ。最低のことをやった。たまに思うんだ。俺は由香ちゃんにも同じことをしたんじゃないかと。彼女の思いを無視して俺は勝手なことをやった。彼女の気持ちに感謝しながらも、それを踏みにじるようなことをした。それで、俺は幸せになる資格を失ったんじゃないのか。そんな風に思うことがある。だから、誰と結婚しても上手くいかないんだと。

たまに思う。あの時、一九八二年の夏、学生運動をやめて、彼女を取っていたらどうなっていたのかなって。四年で大学を卒業して、彼女と結婚して、子供を三人くらい作っていたかもなとか。地方公務員か何かになって、職場の囲碁サークルかなんかに入っていたかもなとか。

すっごく疲れているとき、由香ちゃんの夢を見るんだよ。もう一つの人生の夢。そこにはちょっと老けた彼女がいるんだけど、彼女は何も言わない。ひと言も。俺と目を合わせようともしない。

そんな彼女を見て、すっごく悲しくなる。そんな夢をたまに見る。

でも、こんなことを考えるのは、彼女に対して失礼なことだとも思っている。彼女は自分の人生を生きている。園長先生にもなった。俺よりもしっかり生きている。俺があれこれ考えるのは失礼なことだと思っている」

彼女は寺岡が離婚や同棲の破局を繰り返していることは知っているの？

「知っているよ。彼女と俺は小、中、高の同窓生だから、共通の友人がたくさんいる。俺のところにもいろんな話が入ってくるから、彼女も同じだと思う」

どう思っているんだろう。

「それは共通の友人から聞いた。彼女に、寺岡がダメになったのはおまえせいだ、と言ったら、私には関係ない、私にはなんの責任もないって言ったって。でも、寺岡がダメになったのは由香ちゃんのせいじゃない、由香ちゃんにはなんの責任もないと言うと、いや、やっぱり私のせいだと言うんだって。

なんで、彼女がそう思うのか、俺にはわからないんだけど、実は俺もそうなんだ。彼女が結婚しないまま四十路を越えたのはおまえのせいだと言われると、それは違う、おれには関係ないと思う。だけど、彼女が結婚しなかったのはおまえのせいじゃない、おまえには関係ないと言われると、いや、やっぱり俺のせいだと言いたくなる。これってなんなんだろうね」

第三話　フラッシュフォワード

国家権力、大学当局、他党派との戦いの中で、
傷つき、倒れ、大学から姿を消した黒ヘルたちは、
今、どこで何をしているのか。

1

午後七時。ＪＲ飯田橋駅の西口を出て、お堀を見ながら牛込橋を渡り、神楽坂下の交差点まで来て、俺は息を飲んだ。暗い。人がいない。二〇二〇年四月、緊急事態宣言下の神楽坂は闇に覆われていた。

信号を渡り、神楽坂通りに入った。街灯は付いている。が、暗い。店がシャッターを下ろしているからだ。ネオンや店の灯りがないと、街は明るくならないのだ。

闇の中から駆けてきた女性が、ハッと言って立ち止まった。足元にネズミがいたようだ。目を凝

らしてよく見ると、あちこちにネズミがいる。看板の下、植え込みの陰、道の真ん中にもいる。俺はネズミの尾を踏まないよう注意しながら坂を上った。

闇の中ですれ違う人はみな大きなマスクをつけている。マスクとシャッターばかりが目に入ってくる。街全体が息を潜めて身を隠しているようだ。コツン、コツンという靴の音が妙にきれいに聞こえる。

毘沙門天のあたりまで来ると闇はさらに深くなった。俺は寿司屋や洒落たレストランが並ぶ路地に入り、その路地から小さな飲み屋の並ぶ小路に入った。黒ヘルの同志、香坂夏子の小料理屋はその小路の奥にあった。

「いらっしゃい」

小料理屋のおかみらしく和服を着た夏子がいた。

「最近はね、あんまり着物は着てなかったんだけど、今日は、偉大なる指導者、武川武《たけかわたける》同志が来ると思って、一番上等な着物を出したのよ」

夏子の着物姿を見るのは初めてだった。

「なにその、フーンっていう顔は。おっ、色っぽいなって思ったんでしょう」

小料理屋のおかみは、人の心を読むようだ。

「ね、電話で言った通りでしょう。全然、人がいない。人間よりもネズミのほうが多い」

「ああ、びっくりしたよ。見事に人が消えたね。人類が滅亡した後の世界に来たのかと思ったよ」

俺は何年か前に読んだ『フラッシュフォワード』というSF小説の話をした。

「ヨーロッパの研究所でヒッグス粒子を発見するための大規模な実験が行われるんだけど、それが失敗してフラッシュフォワードが発生する。フラッシュフォワードとは未来視。過去の光景がよみがえるフラッシュバックの反対で、未来の光景を見ること。その小説では、世界中の人が二一年後の未来を見るんだけど、さっき神楽坂を歩いていて、俺は未来の世界を見ているのか、未来の世界に人類はいないのかって思ったよ」

夏子は棚からグラスを二つ出し、カウンターに並べた。そして、着物の袖をおさえながらビールを注いだ。

「武君、変わらないね。昔もよく自分の読んだ本の話を得意になってしていた。ほんと、全然変わらない。フラッシュバックしたよ」

「二十年ぶりくらいか」

「さっき計算した。十九年と十か月ぶり」

夏子も変わらなかった。二十年分の歳はとっていたが、仕草や口調はまったく変わっていなかった。俺を「武君」と呼ぶところも。

夏子から電話があったのは三日前。

「私、神楽坂で小料理屋をやっているの。毘沙門天の方。堀大関係の人は誰も知らないと思う。

こういう商売って、友達を頼ると失敗するっていうから、開店の時も誰にも言わなかった。それで、開店のお知らせをしておいて、こういうのも変なんだけど、実は、お店を閉めることにした。だから、一度、来てくれないかなと思って電話した。どんなお店で私が頑張っていたのか、武君には知っておいてほしいから」

夏子は基礎疾患を抱えていた。

「お店を閉めるのは、それが理由。二年くらい前から調子が悪かったんだけど、今年に入ってからは店に来るのもきつくなった。それで、このお店も週の半分は人にやってもらっているんだけど、そこに、このコロナ騒ぎでしょう。その人も店に来るのがしんどいっていうんで決断した。でも、コロナでこうなる前から夏には閉めようと思っていたから、それが少し早まっただけかな」

2

学術行動委（ＧＫ）の名簿にはこうある。

香坂夏子　一九六八年七月十七日生まれ。神奈川県N女子大附属高校卒。一九八七年四月、外堀大学文学部哲学科に入学。同年五月、ＧＫに結集。八八年四月、哲学会執行部に入り、以後、八九年度哲学会委員長、ＧＫ副議長などを歴任。九一年三月、卒業。（住所、電話番号は略）

香坂夏子が外堀大学に入学したのは一九八七年だが、彼女と俺が知り合ったのは一九八六年の夏、彼女が高校三年生の時だった。昔、俺との出会いを誰かに訊かれた時、夏子はこんな風に話していた。

「私は神奈川県の女子高に通っていて、系列の女子大に進む予定だったんだけど、一般入試もしてみたいと思って、高三の夏、横浜にある予備校の夏期講習を受けた。予備校ではすぐに友達ができて、中華街とか赤レンガ倉庫とか、みんなでいろんなところに行った。そして、ある日、友達の一人に反基地運動の企画に一緒に行こうと誘われた。

神奈川県という基地と無関係でないところに住んでいたのに、私は基地のことなんて何にも知らなかった。それで、最低限のことは知っておこうと思って友達について行った。

友達もそういう企画に行くのは初めてで、図書館で時々やっている写真の展示会のようなものだって言っていたんだけど、行ってみたら全然違った。その企画は新左翼系の市民団体が主催している政治集会で、基調講演があって、パネルディスカッションがあって、そうだー、とか、よし、とか、ナンセンス、とか、ヤジが飛び交っていて、なんだこれはーとびっくりした。

でも、面白かった。新鮮だった。私はお嬢さん育ちで、運動とか闘争とか、そういうことは全然知らなかった。親が政治の話をしているところも見たことがなかったし、家で学生運動が話題になることなんてありえなかった。だから、何がよしで、何がナンセンスなのか全然わからなかったけど、すっごく面白くて、企画の後の交流会にも友達と一緒に参加した」

夏子はその交流会で「カルメンさん」と呼ばれる女性活動家に声をかけられる。

「本当にカルメン・マキみたいな雰囲気の二十代後半の女性なんだけど、その人からいろいろ話を聞いた。今日の集会にはこういう意味があって、今、運動はこういう局面にあってとか、いろいろ解説してくれた。彼女みたいな女性闘士と話をしたことなんてなかったから、とにかく圧倒された。カッコいいと思った。宝塚の男役のトップスターを初めて見た時のような感動があった」

それで、夏子はカルメンの主宰する勉強会に顔を出すようになる。

「左翼の理論や活動家用語がどんどん私の中に入ってきた。砂地に水が染み込むように吸収した。全然、免疫がなかったから、何の疑問も持たずに受け入れた。社会はこうなっているのか、こんな問題があるのかってどんどん感化されていった。そして、それまでは系列の女子大に行くつもりだったけど、外堀大学に行って学生運動をやろうと思うようになった。数ある大学の中から外堀大学を選んだのは縁としか言いようがない。カルメンさんが付き合っていた人が哲学会のOBの寺岡修一さん。寺岡さんから学館の話をいろいろ聞いた。それで、行ってみたいって言ったら武川武を紹介してくれた。武君は学館を案内してくれて、いろんな人を紹介してくれた。みんな私を歓迎してくれた。それで、すっかり学館が気に入って、よし、ここで天下を取ってやるって思ったわけ」

夏子が俺を「武君」と呼ぶのは、カルメンがそう呼んでいたからだ。寺岡のことも、普段は「修ちゃん」と呼んでいた。

俺が「夏子」と呼ぶのは、彼女がそうしろと言ったからだ。出会って間もない頃、夏子はこう言った。

「私、香坂って名字、嫌いなの。だから、香坂さんって呼ばれるのはイヤなの」

なぜ、嫌いなのか、はっきりとは言わなかったが、たぶん、お姉さんの名字に関係があるのだろう。

夏子には歳の離れた姉がいた。俺よりも三つ上だと言っていたから、夏子とは七つ違うことになる。俺がお姉さんと会ったのは、外堀大学の学園祭の時だ。夏子が連れて来て、ほら、これが武君、と引き合わしてくれたのだが、夏子とは名字が違ったので、結婚しているのかと思った。が、後で聞いたら、そうではなかった。

「母は二回結婚していて、姉は最初のダンナさんとの子。香坂家は旧い家なんで、因襲がいろいろある。粉砕しなければならない因襲が」

3

夏子は一九八七年四月、堀大に入学すると、すぐに黒ヘルとして活動を始めた。そして、八八年には哲学会の執行部に入り、八九年には委員長に就任。哲学会は年に一度、大教室で総会を開くのだが、三百人近くの学生を前にして、施政方針演説をする夏子を見た時は、えらくなったもんだと思ったものだ。

九〇年度はＧＫの副議長をやっていた。ＧＫの会議には現役の学生だけでなく、寺岡世代の先輩や、その上の世代の活動家も参加する。七〇年代に入学した人たちと、八〇年代の後半に入学した夏子では時代感覚が全然違う。夏子は俺には特に何も言わなかったが、いろいろ苦労をしていたようだ。

一九九四年にＧＫが解散してからも、夏子とはよく会っていた。が、夏子の結婚を機に会わなくなる。

「昔の仲間とは会うなってダンナに言われた」

夏子はそう言った。ダンナさんは特に、彼女が俺と会うことを嫌がっているという。

「ダンナさん、何か誤解しているんじゃないの」

「ちゃんと説明したんだけどね。嫌なんだって」

夏子と俺の縁は深い。彼女が高校生の時からの付き合いだ。が、男女の関係などまったくなかった。初めて会った時、夏子は一八歳で、俺は二二歳。俺から見ると夏子は子供で、夏子も俺をおっさん扱いしていた。あの頃は俺も五つ年上の寺岡を中年扱いしていたから、二十歳前後の頃というのは、そういうものなのだろう。

が、それから時は流れ、状況は変わった。夏子のダンナが「もう会うな」と言った時、夏子は三一歳、俺は三五歳。ダンナが嫌がるのも無理はない。何か生々しいものを感じたのだろう。

夏子はこう言った。

「私が世界革命を目指していたってことが、彼には理解できないのよ。私が女だから。革命の世界に好きな男がいたんだろう、好きな男に影響されたんだろうとしか考えない。女が世界革命を目指すなんて、ありえないことなのよ。だから、武君とのこともいろいろ勘ぐる」

なるほどと思った。夏子の言う通り、女性活動家は理解されない。何をやっても好奇の目で見られ、揶揄される。そんな中、夏子はよくやっていた。まさに孤軍奮闘していた。

「私が革命と関係のない人と結婚したのも、それがあったから。黒ヘルの同志と結婚したら、ほらねって思われるでしょう。やっぱり男が理由だった、やっぱり男が後ろにいたって思われる。それがイヤだった。とにかく、このままだと離婚になっちゃうから、武君とはもう会わない」

夏子はそう言って俺の前から消えた。喪失感は大きかった。心にぽっかりと穴が空いた。十年以上、同志として、親友として一緒に時間を過ごしてきたのだから、当たり前だ。

三日前の電話で、夏子はこう言った。

「私、武君に酷いことを言った。どうかしてたんだと思う」

夏子は「武君とはもう会わない」と言ったことを、ずっと引き摺っていたという。

「私が逆の立場だったらと思うと怖くなる。武君にあんなことを言われたら、生きていけないから。本当に酷いことを言った」

が、俺のことを恨んでもいたという。

「私が離婚した時、電話の一つも、メールの一つもくれなかった。あんなに酷いことを言ったんだから、武君が怒るのは当たり前。悪いのは私。だけど、私は十分に罰を受けた。十分に苦しんだ。離婚もして全てを失った。なのに許してくれないなんて酷い。いじわるにもほどがある。なんて薄情な男なんだ、なんて冷酷な男なんだと思った」

夏子が離婚したことは知っていた。人から「夏子さん、離婚したらしいよ」と聞いたときはいろいろ考えた。どうしたものかと。電話をしようかとも思った。が、なんて言えばいいのかわからない。それで、結局、何もしなかった。

電話をすれば夏子は喜ぶ。そんなことはわかっていた。が、俺はしなかった。すればよかった。可哀想なことをした。夏子が怒るのは当然だ。俺が悪かった。

4

夏子は冷蔵庫からタッパーを取り出した。中には、サザエ、アワビ、イカ、エビなどの魚介類が入っていた。タッパーの蓋には黄色いポストイットが貼ってあった。そこには、レシピのようなものが書いてあった。夏子の字ではない。週の半分、夏子の代わりにこの店を守っている人が書いたのだろう。

「ようするに、炙って食べろってことね」

夏子はそう言うと、ガスコンロの上に網を置き、その上に炭をいくつか乗せた。

「炭で炙るから、ちょっと時間かかるよ」

炭が赤くなると、夏子はそれを一つひとつ七輪に入れ、その上に網を置き、貝やエビを並べた。

磯の香りがした。そういえば夏子と海に行ったことがある。あれはいつだったか。そんなことを考えていると、突然、夏子が笑い出した。

「私、こないだ電話した後、お腹抱えて笑ったよ。本当に変わらないんだもん。三二年前とまったく同じ。進歩なし、成長なし」

三日前の電話の冒頭部分を夏子はこう再現した。

夏子「もしもし、夏子です」
武君「おー、どうした？」
夏子「元気？」
武君「元気だ。今、どこにいる？」
夏子「え、神楽坂だけど」
武君「わかった。すぐ行く」
夏子「ちょっと待ってよ。ちゃんと人の話を聞きなさいよ」

たしかに、そんな感じだったが、三二年前、一九八八年の五月にも俺たちは同じ会話をしたというのだ。
「あの時はこうだった」
夏子は三二年前の会話をこう再現した。

夏子「もしもし、夏子です」
武君「おー、どうした？」
夏子「今、浦安。お姉ちゃんちに行ったの。今日、誕生日だから」
武君「へー、お姉ちゃん、元気か？」
夏子「それがお姉ちゃん、留守でね。困っちゃった」
武君「今、浦安のどこにいるんだ？」
夏子「駅前のファミレス。とりあえず、駅まで戻ってきた」
武君「わかった。すぐ行く」

「武君はこう言ってガチャンと電話を切った。私、びっくりしたよ。迎えに来てくれなんて言ってないのに。それで、すぐにまた武君の家に電話をしたんだけど、もういない。あの頃は携帯電話なんてなかったから、こうなるともう連絡の取りようがない。ファミレスで武君を待つしかない」

俺の記憶もよみがえってきた。夏子から電話があったのは夜の零時近く。あの頃、俺は東久留米市に住んでいて、うちのすぐ近くの中古自動車販売店でバイトをしていた。俺は電話を切るとその店に走り、事務所から社長の自宅に電話をかけて、「緊急事態なんです。車を一台貸してください」と頼んだ。社長は理由も聞かずに「車なら売るほどある。好きなのを持って行け」と言ってくれた。

「急ぐなら、こないだ入ってきたスカイラインのターボにしろ。あれは速いぞ」

社長にそう言われて、俺はスカイラインＧＴＳ－Ｘツインカム24Ｖターボで浦安に向かった。

5

社長は「浦安は遠いぞ。この時間は道が空いてるけど、一時間以上かかるぞ」と言っていたが、そんなにかからなかった。それだけ無茶な運転をしたわけだが。

ファミレスに入ると、ニューヨーク・ヤンキースのウインドブレイカーを着た夏子がいた。夏子は俺が席に着くと、いきなり「バカ」と言った。

「どうして来るのよ。どうして勝手なことをするのよ。私、ここから動けなかったじゃないの。なんであなたはいつもこうなの。自分勝手なの。あなたは自分の都合だけで生きている。自分の感情だけで生きている。全然、人の話を聞かない。全然、人の気持ちを考えない」

そして、専制的だ、強権的だ、独裁者だ、ファシストだ、スターリニストだ、トロツキストだ、民主主義の敵だ、人民の敵だ、反革命だと、とにかく俺を責め立てた。学館で覚えたすべての言葉を俺に叩きつけたという感じだった。

俺は、夏子の喜ぶ顔を思い浮かべていた。が、現実は逆だった。俺はレスキューのつもりだった。深夜の浦安で、夏子が途方に暮れている。そう思ったから俺は来たのだ。夏子を救出するために時速200キロで駆けつけたのだ。が、冷静になって考えると、夏子の言う通りである。ろくに話も聞かないで、勝手に行動を起こした俺が悪い。

「さっきお姉ちゃんちに電話したら、もう帰っていた」

夏子はそう言った。俺が来る必要はなかったのだ。俺はすっかり落ち込み、頼んだホットケーキも喉を通らなかった。

「俺が悪かった。ごめん。これからはちゃんと話を聞くよ。俺ももう、こんなバカなことするのイヤだし。とにかく、お姉ちゃんちまで送るよ」

そう言って俺は夏子を車に乗せた。

「お姉ちゃんちは、どっち?」

駐車場の出口でそう訊くと、夏子はこう言った。

「海が見たい」

「え?」

「武君、イヤ？」

「イヤじゃないけど、お姉ちゃん、待ってるんだろう？」

「武君とドライブしてくるって言ってある」

「そうか。じゃあ、行くか。といっても、ここも海の上だぞ。埋め立て地だから」

「私のいう海は、砂浜があって、波がザブーンと来るところ」

「わかった」

俺は房総半島に向かった。あそこまで行けば砂浜もあるし、波もザブーンと来る。夏子はすっかり機嫌を直し、カーラジオから知っている曲が流れてくると、イエイと言って一緒に歌った。

内房をひたすら南下して、館山市のあたりで車を止めた。目の前は海だ。波の音が聞こえる。が、真っ暗で何も見えない。夏子は「海から日が昇るところが見たい」という。それで、俺は外房に入り、九十九里浜に向かった。

しかし、九十九里浜の端まで来ても、まだ日は昇らない。それで、俺は走り続けた。太陽が顔を出した時には茨城県の大洗のあたりまで来ていた。海から日が昇る光景は雄大で、美しかった。波がキラキラ輝いていた。

「すごい、感動的」

「おっ、満足したみたいだな」

俺たちは来た道を引き返し、明るくなった海を見ながら浦安に向かった。途中、どこかの砂浜で散歩をして、どこかの漁港で朝飯を食べた。

「姉の家の前で私を下ろしてから、武君は東久留米に帰ったんだよね。私、姉に怒られたよ。武君、一睡もしてないんでしょ。うちで休んでもらえばよかったのにって。私も眠くてフラフラしていて、そこまで頭が回らなかった」

網の上の貝やエビを菜箸で皿に盛りながら、夏子はこう言った。

「あの日、浦安のファミレスで、バカだなんだって言ったけど、本当はすごく嬉しかった。私は、姉が帰るまでの時間つぶしで電話をしただけなのに、来るっていうから本当に驚いた。でも、嬉しかった。こんな夜中に来てくれるんだと思ったらドキドキしてきた。あんな風に怒ったのは、ドキドキしている自分が恥ずかしかったから。あれは照れ隠し。本当は嬉しかった」

6

夏子がこの店の経営者になったのは二〇一一年、東日本大震災のあった年だ。

「いろんな偶然が重なってね。まさか、また神楽坂に通うことになるとは思わなかったけど、これも縁ね」

ここから外堀大学は目と鼻の先である。が、堀大の関係者がこの店に来ることはないという。

「私たちもこの辺には来なかったでしょう。空気が違うんだと思う」

たしかにそうだ。学生時代、俺たちは神楽坂でよく飲んだが、こっちの方にはほとんど来なかった。

「ここも学生がひょいっと入れるような店じゃないよね。値段も高めに設定しているし」

この店の客の年齢層は高く、現役を引退した元経営者が多いという。

「肩書きでいうと、会長、相談役。タイプでいうと、自分のことを戦国武将や幕末の志士だと思っている人。私、そういうおじいちゃんにモテるのよ。よく、女にしておくのはもったいないって褒められる」

活動家時代の夏子にそんなことを言ったら大変なことになっていただろう。

「戦国時代とか幕末とか、殺伐としていて好きじゃないんだけど、私も殺伐としているのかもしれない。殺伐といえばこんな人がいたよ」

夏子はある客の話を始めた。

「その人はボクシングジムの経営者。若い頃はプロボクサーだったみたいだけど、選手時代の話はしなかった。ボクシングの話も滅多にしなかったんだけど……」

ある時、常連客の間で「練習と試合の違い」が話題になると、その客は話に割り込んできて、こんな話をしたという。

「練習の疲れは風呂に入って寝ればとれる。しかし、試合の疲れはなかなかとれない。ジムの中でやる練習試合でも、三日くらいは疲れがとれないし、身体のどこかが痛くなる。一発もパンチを食らわなくても、必ずどこかが痛くなる」

俺も若い頃、いろいろ武道をやっていたから、これはわかる。試合になると普段、使わない筋肉を使ったり、普段、力を入れないところに力を入れたりする。だから、どこかがおかしくなるのだ。

「私の場合は耳にくる。試合の翌日、耳垢がごそっと出てくるんです。なぜ、耳垢が出てくるのかはわからないんですけどね。

とにかく、練習試合でもこうですから、公式戦はもっと大変です。二週間はまともに歩けない。疲れがとれるまで一か月はかかる。タイトルマッチになると、もっと大変。疲れがとれるまで半年はかかる。

でもね、もっとすごいのが決闘です。私の知り合いに、生きるか死ぬか、殺るか殺られるかの決闘をした人がいる。立会人がいる正式な決闘です。彼は友人に遺書を預け、命がけで戦った。日本刀を持って、落とさないように手に縛りつけて戦ったんです。幸いにしてその人は生き残ったが、あれから三十年以上経つというのに、まだ疲れがとれないと言っていた。この疲れは死ぬまでとれないだろう、元の身体には戻れないのだろうと」

夏子は言う。

「その人、ちょくちょくお店に来てくれてたんだけど、それから身体を壊したらしくて、あんまり顔を出さなくなった。そして、しばらくして亡くなった。決闘は知り合いの話だって言っていたけど、たぶん、自分の話なんだと思う」

夏子が何を言おうとしているのかわかった。夏子も自分の話をしているのだ。

「私、健康的な生活をしていたんだよ。食事に気を使って、フィットネスクラブにも通って。こんな仕事をやっているけど、お酒も控えていた。だけど、去年、病院で検査を受けたら、身体のあちこちに問題があるって言われた。ショックだった。でも、すぐに納得した。いつかこうなるとも思っていたから。

私は黒ヘル執行部の一人として、大学当局と決闘した。国家権力と決闘した。マルゲリ（マルクス主義者同盟ゲリラ戦貫徹派）とも決闘した。その疲れがずっととれない。それで、病気になったんだと思う。

今、思うと離婚の原因もこれだったのかもしれない。私、よく夜中にうなされて、悲鳴を上げていたらしい。元ダンナはそれが気持ち悪かったんだと思う。だから、私が昔の仲間と会うのを嫌がった。昔の仲間と会うと昔のことを思い出して、また夜中にうなされるから。

元ダンナは私のことをＰＴＳＤ（心的外傷後ストレス障害）だと言っていた。ＰＴＳＤって、犯罪の被害者とか、戦場に行った人がなる病気だけど、私たちがいた世界も戦場だった。私たちはいつもテロ、リンチ、弾圧、処分のリスクに晒されていた。裏切り、密告の恐怖もあった。そんなところに何年もいたら、誰だっておかしくなる」

7

夏子はタバコに火を付けると、通りに面した窓を開けた。風が入ってきた。が、音はまったく入ってこなかった。あたりは静寂に包まれていた。

「でも、武君は違う。おかしくなってない。全然、変わってない」

それは、もともとおかしいってことじゃないのか。

俺がそう言うと夏子は笑った。お腹を抱えて笑った。この世にこんな楽しいことはないという顔をして笑った。が、しばらくすると激しく咳き込み、胸をおさえてうずくまった。

「大丈夫か？」

「大丈夫。すぐ収まる。タバコを吸ったのがよくなかったみたい」

夏子はバッグからピルケースを取り出した。何種類もの薬が入っていた。夏子は病名を言わないが、深刻な状態なのだろう。二十年前の夏子は少し太っていた。「睡眠導入剤の副作用」と言っていた。それでいろんなダイエットを試していたが、今の夏子は痩せすぎだ。首も腕も細すぎる。軽く握っただけでもポキッと折れてしまいそうだ。

夏子は薬を飲むと、どさっと椅子に腰を下ろした。立っているのもしんどいのだろう。

「夏子、今日は帰ろう。炙ったやつも全部食べたし。無理しないほうがいい」

「そうね。そうさせてもらう。これ以上無理すると醜態を晒しそうだから。私、いいかっこしいだから、みっともない姿を見せるのが一番イヤなのよ。武君にずっと電話しなかったのもそれが理由。武君と再会するのは、きちんと生活できるようになってから、自分で納得できる自分になってからって思っていた。でも、なかなかそんな自分にはなれなくて、気が付いたら身体が言うことかなくなっていた。あ、ごめん、愚痴っぽくなっちゃって」

「どうやって帰るんだ?」

「ハイヤーを呼ぶ。最近はいつもそうしている。スマホでピピっと呼べるのよ。いつも毘沙門天の前で待ち合わせ。ここには車、入れないからね。武君、毘沙門天まで送って」

「もちろん」

夏子は、よしと気合いを入れて立ち上がると、テキパキと片付けを始めた。何か手伝おうかと言ったが、お皿とか割られるのイヤだから、そこに座っていてと言われた。

布巾やおしぼりを畳みながら、夏子はこう言った。

「三浦半島に行くんだ。姉が福祉施設の運営をしているの。お店の整理がついたら、そこに行くつもり。あ、利用者として行くんじゃないよ。職員としてそこで働くんだよ。こんな身体で役に立てるかどうかわからないけど。相模湾の近くで、すっごくいいところ」

暖簾を片付け、電気を落とし、俺たちは外に出た。夏子がスマホを操作するとガガガと音を立てシャッターが下りてきた。

「暗いから、足元、気をつけてね。この小路、敷石で躓きやすいから」

暗闇の中を二人で歩いた。

「女にしては肝が据わっているってよく言われるけど、感染すると八日で死ぬって聞いたときは、さすがに焦ったよ」

「コロナのことか」

「でも、焦ったおかげで、あなたに電話ができた。コロナがなかったら会えなかったかもね」

「そうだな。コロナに感謝しないとな」

毘沙門天の前まで来た。暗い。誰もいない。タクシーもまだ来てない。

「二人で海に行った時の話をしたけど、別れ際に私がなんて言ったか覚えている?」

「え?」

「チャンスだったのに、って言った。どういう意味だかわかる?」

「わからないよ」

「あの日の帰り、私、ずっと寝てたけど、本当は寝たふりをしていただけ。というか、眠れなかった。いつキスされるのかって、ドキドキしてたから」

俺は夏子の手を取った。そして、引き寄せ、抱きしめ、唇にキスをした。

「武君、変わった。前はこんなことしなかったのに」

「悪いか？」

「悪くない。今の、フラッシュフォワードだったらいいね」

「どうして？」

「だって、いつかまたキスができるってことでしょう」

第四話　ボクサー

「ボクシングはとても簡単だ。人生の方が遥かに難しい。」
フロイド・メイウェザー・ジュニア
（元世界チャンピオン）

1

学術行動委員会（ＧＫ）の名簿にはこうある。

高野飛翔　一九六四年五月十七日生まれ。北海道立Ｗ高校卒。一九八四年四月、外堀大学法学部政治学科に入学。第一文化連盟のサークル、中国思想研究会に入会。八五年四月、第一文化連盟執行部に入り、八六年度には執行委員長を務める。八七年九月、ＧＫに移籍。同年十二月、宿敵・松浦を打倒。現在、消息不明。

一九八〇年代の外堀大学には、自治会、サークル団体、学術団体など、二十近くの学生団体があった。高野はサークル団体の第一文化連盟(一文連)で委員長を務め、その後、GKに来たのだが、この移籍劇には全学が驚愕した。一文連といえば、一九五〇年代からの長い歴史をもつ由緒正しい団体、堀大学生運動の本体であり、主流である。一方のGKは八〇年代に入ってから生まれた新興勢力、海の物とも山の物ともつかない怪しい集団でしかない。そんなGKに一文連の委員長を務めた男が移籍したのだ。巨人軍のスーパースターができたての楽天ゴールデンイーグルスに移籍するようなもので、これはありえないことだった。

「高野は何を考えているんだ」

誰もがそう思った。俺も同じだった。「武川、頼む、俺をGKに入れてくれ」と高野に言われた時は、「頭がおかしいのか?」と思ったものだ。

一九八七年九月、長い夏休みが終わり、後期の授業が始まろうとしていた頃である。ある朝、俺がバイトをしている中古自動車販売店の社長から電話があった。

「おー、起きてたか。おまえに客が来てるぞ。外堀大学の学生のようだ」

時計を見ると午前七時である。

「ロッキーと朝の散歩をしてたんだよ。そうしたら、ロッキーがどうしても店に行くってきかないんだ。それで店に行ったら門の前に白のハイエースが停まっていた。横っ腹にでかでかと『外堀大学文化連盟』って書いてあったから、すぐにおまえの友達だってわかったよ。それで、声をかけたら案の定、武川武《たけかわたける》に会いに来たっていう。うん、今は事務所にいるよ。それにしてもロッキーはすごいな。店に誰か来てるってわかったんだよ。本当にすごい」

社長は愛犬ロッキーとの散歩の途中に店に寄ったようだ。それにしても、こんな時間に誰が来たのだろう。白のハイエースは一文連本部のものだ。しかし、一文連の人間はここを知らない。では、ＧＫの誰かが一文連に車を借りて来たのか。それとも、一文連の人間がＧＫの誰かに聞いて来たのか。俺はそんなことを考えながら店に向かった。店は俺の住んでいる団地のすぐ近くにある。

「おはようございまーす」

ドアを開けて中に入ると、パテーションの向こうの応接コーナーから「よっ」という声が聞こえた。

「早いな。社長さん、すぐ来るぞって言ってたけど、本当にすぐ来たな」

応接コーナーのソファに座っていたのは高野飛翔だった。高野は床に置いた大きなバケツに両手を突っ込んでいた。バケツには水が張ってあり、大きな氷が浮かんでいた。

なぜ、高野がいるのか、なぜ、バケツに手を突っ込んでいるのか。俺には何がなんだかわからなかった。

「社長さん、さっきまでいたんだけど、犬とドライブに行ったよ」

おそらく、白のハイエースに乗っていったのだろう。ロッキーは好奇心旺盛な犬で、知らない車を見ると乗りたがるのだ。

「その手はどうした?」

「あー、やっちまったよ。社長さんに見せたら、すぐに氷水を用意してくれた。社長さん、ボクシングをやっていたんだってな」

社長がボクシングをやっていたのは高校時代。「茨城県大会で優勝した」という話は百回以上聞いている。おそらく高野にもその話をしたのだろう。

「実はな、俺も高校でボクシングをやっていたんだ」

「知ってるよ、全国大会の決勝戦、テレビで観たよ。一発KO、たまげたよ。何かの雑誌のインタビューも読んだ」

高野は有名な選手で、ボクシング界の期待の星だった。俺が読んだインタビュー記事では「体育系の大学に進むつもりです。もちろん、大学でもボクシングを続けて、オリンピックで金メダルを取るのが目標です」と答えていた。ところが、高野は体育系の大学には行かず、ボクシングの世界から消えた。

「そういえば、あの頃はいろいろインタビューも受けたな。あれはあんまり気分のいいものじゃないぞ」

「そうなんだ」

「そうだよ。だって人と会った時、俺は相手のことを何も知らないのに、相手は俺のことをよく知っている。なんか居心地が悪くてな」

「ふーん」

「だけど、そういうことなら、俺とおまえは対等だ。実はな、俺もおまえのこと、いろいろ知っているんだよ。生い立ちとか、家庭環境とか、高校時代のこととか」

「えっ」

「森口千秋が教えてくれたんだ」

森口千秋はマルゲリ（マルクス主義者同盟ゲリラ戦貫徹派）の活動家、多摩キャンパスにある経済学部の自治会委員長である。

「マルゲリはおまえのこと、なんでも知ってるぞ。おまえがここでバイトをしていることを教えてくれたのも森口だ。なんでそんなことまで知っているんだって聞いたら、こう言っていた。マルゲリとGKが戦争になった時、GKの指揮を執るのは武川武だ。だから、その時に備えて情報収集をしていると。森口はおまえのことをライバル視していたよ。もっともその話をしたのは五月のことで、今、彼女がどう考えているのかは知らないが」


社長とロッキーが帰って来た。

「おまえたち、朝飯まだだろう。握り飯を買って来たぞ」

社長は握り飯だけでなく、お茶やコーヒーやゆで卵やサラダも買って来てくれた。

「高野君だったな、手の方はどうだ。腫れは引いたか？」

「はい、おかげさまで腫れは引きました」

「どれ、見せてみろ」

社長は高野の手を取り、指を一本一本伸ばしたり、曲げたり、さすったりした。

「ビリっとするか？」

「いや、それはないです。でも、全然、力が入りません」

「そうか。俺にも経験があるけど、前腕の筋肉がいかれたんだよ。二週間くらい、握力は戻らないぞ。とにかく病院には絶対に行け」

「わかりました」

「素手で人を殴るとこうなる。人を殴りたくなったら、ちゃんとグローブをつけるんだな」

「はい」

「それはそうと、警察の方は大丈夫なのか？」

「たぶん、大丈夫です」

「それならいいけど。示談でケリをつけるとしても、かなりの金がかかる。ケンカは割に合わない」

「そうですね」

「そうだ、俺がボクシングをやっていた時のジムの会長はこんなことを言っていた。人を殴りたくなったらヤクザを殴れ。一般の人間を殴ると警察に捕まるけど、ヤクザはチクらない。だから、殴るならヤクザを殴れって言ってたよ。酷い会長だよな。ヤクザよりタチが悪い」

2

社長とロッキーが帰ると、事務所は急に静かになった。

窓の外には一文連のハイエースが停まっている。後期の授業が始まる前のこの時期、一文連は毎年、秩父で合宿をする。加盟サークルの代表者が集まって後期の運動方針について議論をするのだ。今年は昨日から合宿をしているはずだった。おそらく高野も秩父の合宿に参加して、そこで誰かを殴ったのだろう。

社長の買ってきてくれたコーヒーを飲みながら、高野はこう言った。

「マルゲリの菅野は知ってるよな」

知っている。この春、関西の大学から堀大に移ってきた男だ。二七歳、大分県出身。高校では柔道部の主将を務めていたと聞いている。

「あいつをやっちまったんだ」

「えっ」

菅野はかなりの巨漢だ。身長は180センチ以上、体重は90キロ以上。高野は身長175センチ、体重は60キロといったところだ。

「なんで、菅野を殴ったの？」

高野はこう言った。

深夜の三時頃、秩父の旅館の窓から外を見ていると、河原の方に歩いていく菅野の姿が見えた。少し話をしようと思い、菅野の後を追った。そして、河原で話し込んでいるうちに口論になった。

「あいつ柔道家だろう。投げ飛ばされて、後ろから首を絞められた。裸絞めだ。すごい力で死ぬかと思ったが、指を捻って脱出して、振り向きざまに出した左フックがまともに当たった。グシャって音がしたから頬の骨は折れたはずだ。あと、右のボディもかなりめり込んだから、肋骨も何本か折ったと思う」

よく見ると、高野の首の周りは真っ赤になっている。裸絞めの跡だろう。

「俺、高校卒業間近って時にも素手でやって拳を痛めたんだ。担任の教師に何か言われて、気がついたら殴っていた。あの時は警察に捕まって、卒業も大学進学もパーになった。高校が卒業証書をくれたのは十月だ。社長さんは、殴るならヤクザを殴れって言ってたけど、本当にそうすればよかったよ。その点、菅野はマルゲリだ。マルゲリもヤクザと同じだから、警察にはチクらないだろう」

それはそうだ。国家権力を相手にゲリラ戦を戦っているマルゲリが警察に被害届を出すとは思えない。

「とはいっても、ただで済むとは思っていない。俺は学館を追放されるだろう」

高野はまた手が痛み出したようで、氷水を張ったバケツに手を突っ込んだ。

菅野をノックアウトすると、高野は旅館に戻り、救急車を呼んだ。そして、一文連執行部の人間をたたき起こしてハイエースのキーを借り、救急車が来る前に走り去った。

「逃げようと思ったわけじゃないんだ。ただ、少し考える時間が欲しかったんだ」

そして、関越自動車道を走りながらいろいろ考え、ここに来た。

「なんで、俺のところに来たんだ?」

「武川、頼む、俺をGKに入れてくれ」

高野はすがるような目でこう言った。

「追放されるのはかまわない。殺されたってかまわない。だけど、今はダメだ。今、学館を離れるわけにはいかない。頼む、俺をGKの一員にしてくれ」

高野が俺を頼ったのは、この頃、GKが、マルゲリに怪我を負わせた人間を庇う運動をやっていたからだ。

一九八三年三月八日、三里塚空港反対同盟が分裂した。この日は全国でいろんな事件が起きたのだが、外堀大学の学生会館でもリンチ事件が発生した。北原派支持のマルゲリが、熱田派支持の黒ヘルをリンチにかけたのだ。

その日の様子を俺はこう聞いていた。

「マルゲリは熱田派支持の学生を片っ端から自治会室に引っ張り込んだ。自治会室では金属バットをもった男が素振りをしている。そんな状況の中で、熱田派支持の学生たちは自己批判を要求され、自己批判を拒否したものは、殴る、蹴るの暴行を受けた。熱田派の集会には行きません。北原派を支持しますと言うまで解放されなかった。一番、酷い暴行を受けたものは、昼に捕まって、翌朝まで監禁されて、そのまま病院に運ばれた」

これだけ聞けばマルゲリが一方的に悪いのだが、それから四年経った一九八七年三月、新たな事実が判明する。

学生会館の三階、ＢＯＸ３０５でＧＫの会議をやっていた時だ。突然、知らない男が怒鳴り込んで来て、「寺岡ー、なんで、おまえがここにいるんだ。おまえは学館を追放されたんだろう。なんで、ここにいるんだ」と喚きながら寺岡修一に詰め寄った。哲学会委員長の伊地知がすぐに取り押さえたが、男は羽交い締めにされながらも、ずっと「寺岡ー、てめー、許さないぞー」と喚き続ける。酔っ払っているんじゃないかと思ったが、酒の匂いはしない。寺岡は「俺、こんなやつ知らないよ。人違いじゃないのか」と言っている。

どうしたものかと思案していると、今度はマルゲリが二人、血相を変えて入って来た。そして、「寺岡ー、てめー」と喚いている男を二人で抱えて連れて行った。

「今のはなんだったんだ?」

あーでもない、こーでもない、といろんな意見が出たが、さっぱりわからない。ただ、マルゲリが関係していることは確かだ。それで、伊地知と法学術議長の遠藤がマルゲリのところに聞きに行った。そして、驚くべき事実を聞いて帰って来た。喚き散らしていた男は、四年前の三月八日、セロテープ台やパイプ椅子を寺岡に投げつけられて、顔面骨骨折の重傷を負った者だというのだ。

寺岡はそう言われて、「えー、何それ、俺、そんなことしてないよ」と言っていたが、やがて、「あー、あれかー」と思い出す。

三・八分裂の日は、寺岡も他の黒ヘルと同じようにマルゲリの自治会室に引っ張り込まれたのだが、寺岡は自己批判することなく、部屋の中にいた三人のマルゲリをノックアウトして出て来たというのだ。

「金属バットを振り回しているから、おまえ、何をやっているだと聞いたんだよ。そしたら、野球の練習をしているんだという。それで、そうか、じゃあ、これを打ってみろと言って机の上に置いてあったセロテープ台を投げたんだ。あの時は俺も興奮していたんでよく覚えてないけど、パイプ椅子も投げたかもしれない。あと、棚に並んでいたどんぶりやポットも投げたような気がする。まあ、向こうは金属バットの男も含めて三人いたから、こっちも必死だったんだよ」

伊地知は寺岡にこう言った。

「こんな重要なこと、なんで四年も黙っていたの。俺、マルゲリに言われてびっくりしたよ」

寺岡はこう答えた。

「だって、別にGKの方針でやったわけでなく、個人で勝手にやったことだから、報告しなくていいと思ったんだよ。それに、あの日はみんな、テロ・リンチは許さない、マルゲリ糾弾の闘争をやろうって盛り上がっていた。だから、俺も酷いことをやったとは、とてもじゃないけど言えなかった。それで、俺もマルゲリにやられたって顔をしていたんだよ」

翌日、マルゲリとGKの間で話し合いがもたれた。GKからは伊地知と遠藤が出た。

当初、伊地知は「寺岡さんには謝罪してもらう。そうしないとまとまらない」と考えていた。

「寺岡さんが投げつけたセロテープ台を見たんだよ。南部鉄でできたゴツイやつだ。重量2キロはあった。あんな鉄の塊、人の顔にぶつけちゃダメだよ。殺人事件にならなくてよかったよ。金属バットを振り回していたマルゲリも悪いけど、大怪我をさせたという事実は重い。謝罪は当然だ」

が、マルゲリは謝罪を受け入れず、「寺岡は追放だ。これは絶対に譲れない」と言ってきた。

こうなると伊地知も譲らない。

「冗談じゃない。あれは正当防衛だ。おまえたちこそリンチの自己批判をしろ。寺岡さんが鉄の塊をぶつけたのは金属バットで武装した人間。おまえたちがリンチにかけたのは丸腰の人間。どっちが悪いかは火を見るよりも明らかだ」

こうしてマルゲリとGKは紛争状態に入った。

3

土曜日、高野と俺は飯田橋東口の喫茶店「青い鳥」で落ち合った。土曜はＧＫの定例会議のある日だ。高野がＧＫの会議に出席するのはこれが初めて。それで、事前に情勢を説明しておこうと思ったのだ。

「これが最新のビラだ」

俺は二種類のビラを高野に渡した。どちらも、後期の授業が始まってからマルゲリが出したものだ。

一つは「極悪のファシスト・寺岡の白色テロを許すな」というビラで、これには顔面骨骨折の男の事件直後の局部写真とレントゲン写真、そして、南部鉄製のセロテープ台の写真がどーんと載っていた。

「ひどいな」

血の滴るような局部写真は生々しく、高野は目を背けた。自分が殴った菅野のことを思い出したのかもしれない。

「しかし、このビラ、なんか変だな」

高野の言う通り、これは非常に奇妙なビラだった。このビラには事件がいつどこで起きたのか書かれていない。被害者も「自治会員」とあるだけで、どこの誰なのかさっぱりわからない。「四年前の三月八日に学館で起きた事件」と書くとリンチ事件との関係を問われる。それで、わざとあいまいにしているのだろう。とにかく、写真は迫力満点だが、文章の方は歯切れが悪く、何が言いたいのかよくわからない。

もう一つは「リンチ事件をデッチ上げ、堀大学生運動の分裂を策動する権力のスパイ・伊地知を学館から追放せよ」というものだ。前期の過程で伊地知は「リンチの自己批判をせよ」とマルゲリに迫ったわけだが、これがその回答というわけだ。謝ることはできない。かといって開き直ることもできない。それで「リンチなんてなかった」ということにしたのだろう。

「南京大虐殺はなかったとか、アウシュヴィッツはなかったと言っている連中と同じだな」

高野の言う通り、これではマルゲリが批判している歴史修正主義者と同じである。さすがにこのビラの評判は悪く、「寺岡はやり過ぎだ」と言ってマルゲリに同情を示していた者たちも呆れていた。この路線を続けるとマルゲリはますます孤立するだろう。

「GKの方はどうなんだ?」

GKは「リンチ事件の首謀者、松浦は混乱の責任をとって引退しろ」というビラを前期の最後に出している。後期もこのキャンペーンを続ける。今、新しいビラを準備している。

「なんで、松浦なんだ?」

松浦は一九五〇年生まれ、七〇年代の初頭にマルゲリ全学連の委員長をやっていた男だ。八〇年代に入ってからは、学対の責任者として堀大学生運動に関わっていた。

我々が松浦に的を絞った理由は大きく二つある。一つはそれが筋だからだ。我々は今、四年前に起きた事件を巡ってあーだこーだとやっているわけだが、なぜ、マルゲリは四年間、「寺岡のテロ」(マルゲリはそう呼んでいる)を問題にしなかったのか。当時、マルゲリの周辺にいた人間や、マルゲリを脱した人間から話を聞くと、こういうことだった。なんと、松浦が「テロとリンチは相殺ということで黒ヘルと合意した」と現場のマルゲリに言っていたのだ。「我々は寺岡のテロを不問に付す。黒ヘルも我々のリンチを不問に付す。そういう形で話をつけた」と。

松浦がそんなウソをついたのは、リンチをやった現場の活動家たちが「あんなことをやってよかったのか?」「みんな逮捕されるんじゃないのか?」と動揺し、「みんな逮捕されて堀大支部が壊滅したら、松浦はどう責任をとるんだ」と騒ぎ出したからだ。それで、松浦は「寺岡のテロ」を利用したのだ。実際、その後、黒ヘルがリンチを問題にすることはなかったので、マルゲリの現場は「合意」を信じていた。

しかし、顔面骨骨折の男は「合意」に納得しなかった。それで松浦は、この男には「寺岡は追放した」と言い、ウソがばれないよう、学生戦線から遠く離れたところに飛ばした。

「松浦って、とんでもないやつだな」

そうだ。だから、松浦なんだ。リンチを指示したのも松浦。今、学内がこんな状況になっているのも松浦の責任。だから、松浦に責任を取らせる。

もう一つは戦略的な問題だ。マルゲリの構成員は五〇〇〇人、それに対してGKはシンパを合わせても六〇人。組織の規模が全然違う。だから、マルゲリ対GKではなく、松浦対GKという形にしている。

「なるほど。五〇〇〇対六〇の戦いを、一対六〇の戦いにするわけか」

その通り。ようは、松浦とマルゲリを分断できるかどうかだ。それができれば我々は勝つ。できなければ負ける。

「勝算はあるのか？」

ある。現場のマルゲリにとって、松浦がいい上司とは思えない。あいつには人望がない。松浦のために懲役に行こうと思うやつはいないだろう。これが勝算だ。我々は、松浦の人望のなさに賭ける。

「なるほど。松浦のことは森口から聞いたことがあるよ。あいつも松浦には不満を持っていたようだから、松浦に人望がないのはたしかだ。あー、こんなことになるなら、もっと松浦のことを聞いておけばよかった」

この時、俺の体の中のどこかでセンサーが鳴った。「森口」という名前に反応したのだ。高野はよく森口の名前を出す。森口はマルゲリだ。我々の敵だ。俺は高野を問い詰めた。おまえと森口千秋はどういう関係なんだと。

「俺は森口千秋のオルグ対象だった。俺はマルゲリからオルグをされていて、森口千秋が俺のオルグ担当者だった。これは別に秘密でもなんでもない。一文連の人間なら誰でも知っていることだ。一文連もマルゲリとのパイプは必要だから、みんな、森口のことは丁重に扱っていたよ」

オルグ対象になったのはいつだ？

「森口のオルグが始まったのは八五年の九月だったと思う」

どんな風にオルグされた？

「森口は経済学部の人間だから、普段は多摩キャンパスにいる。が、週に一度は市ヶ谷の学館に来て、俺のところにマルゲリの機関紙を置いていった。時間のある時は政治情勢について議論したり、学内の問題について意見交換したり、そんなところだ」

いつも学館のＢＯＸで会っていたのか？

「いや、お互いに時間のある時は一緒に食事に出かけたりもした。飲みに行ったこともないわけではない」

何回くらい飲みに行った？

「何回だろう。今年に入ってからはけっこう行ったと思う」

月に一回くらいか？

「いや、二回くらいかな」

飲み屋以外に行ったところは？

「あー、野球を観に行ったよ。彼女がこう言ったんだ。せっかく堀大に来たんだから、一度くらい六大学野球を観てみたいと。それで、よし、行こうということになり、一文連の車で神宮球場に向かった。が、球場の周りには知っている人間がたくさんいる。それで、日和った。二人で球場にいるところを見られて、へんな噂が立ったら困る。それで急遽、予定を変更して西武球場のナイターを観に行くことにした。その時だよ。武川のバイト先の中古自動車店の前を通ったのは」

野球以外に行ったところは？

「浅草に行った。初詣だ」

他には？

「としまえん、東伏見のアイススケート場など」

森口は恋人なんじゃないのか。そうとしか思えない。

「違う。そういう関係ではない。それに、今はもう会ってない。まだ、公表されてないようだけど、彼女は移動になった。学生戦線から離れて他の戦線に行った」

移動になったのはいつだ？

「七月の終わりに会った時、移動になったと聞いた。もう堀大の人間ではない、オルグの担当からも下りたと」

最後に会ったのは？

「その時だ」

彼女は、今、どこにいる?

「知らない。わからない」

4

高野がＧＫに来てから一か月が過ぎた。マルゲリとの戦いは膠着状態が続いていた。持久戦になれば組織の小さいＧＫが不利だ。どこかで局面を打開しなければならない。何か打つ手はないか。学生会館の喫茶室でそんなことを考えていた時だった。

「おー、ここにいたか」

高野と霧村が入って来た。霧村もＧＫの同志である。

この間、ＧＫは二つの部隊を動かしていた。高野の指揮する防衛隊と霧村の指揮する捜索隊である。

防衛隊の任務は、マルゲリから「極悪のファシスト」「白色テロリスト」「権力のスパイ」と名指しされている寺岡と伊地知の防衛である。総勢十五人の隊員が二人一組、六時間交代で二人のガードに付いていた。

マルゲリが二人を今すぐ殺すとは思っていなかった。そんなことをしてもマルゲリにはメリットがない。が、「拉致ならありうる」と見ていた。寺岡、あるいは伊地知が一人でいるところを拉致し、どこかに監禁し、散々痛めつけた上で自己批判や「スパイであることの自白」を強要する。マルゲリならやりそうなことである。実際、マルゲリは一九八三年三月八日にやっている。

それで我々は防衛隊を組織したのだが、これには思わぬ効果があった。入会希望者が殺到したのだ。カンパも驚くほど集まった。「マルゲリ相手に戦っている」「必死に仲間を守っている」という姿勢が共感を呼んだのだろう。

が、そんなことで浮かれているわけにもいかない。防衛隊の責任者である高野はこう言う。

「今、隊員一人につき、一週間のうち二四時間、六時間交代制だから四コマを担当してもらっている。初めの一か月はみんな面白がってやっていたが、これからはわからない。授業にも出ないとならないし、バイトもある。なかなか調整は難しい。防衛対象が寺岡、伊地知の二人のままならいいが、三人に増えたらパンクする。四人になったらお手上げだ」

高野の言う通りだ。このままでは追い込まれる。何かいい手はないか？

霧村がこう言った。

「この間、捜索隊はマルゲリ活動家の尾行を徹底的にやった。現場の活動家を追って行けば松浦のアジトにたどり着くと思って。が、甘かった。全部スカだった。どの線も松浦には繋がらなかった」

松浦のアジトを突き止めたら、松浦を拉致し、どこかに監禁し、散々痛めつけた上で引退を表明させる。我々はこういう計画を立てていたのだが、こっちも手詰まりのようだ。

「松浦と現場は直接ではなく、我々のマークしていない誰かを間に入れて連絡を取り合っているようだ。そうとしか思えん。が、こっちも限られた人数でやっているので、これ以上、尾行の対象者を増やすのは無理だ。それで、高野と考えたのだが……」

霧村の目がキラっと光った。自分のアイデアに自信のある時、霧村はこういう目をする。これは期待できる。

「今回の尾行には、思わぬ副産物があった。尾行した結果、マルゲリ活動家それぞれのバイト先がわかった。これを使おうと思う」

どうやって？

高野が答えた。

「バイト先で待ち伏せをして、取っ捕まえて詰めるんだよ。松浦はどこにいる、おまえは松浦と心中するつもりか、今、松浦の情報を寄越せば、おまえの命は保障してやる、とね。これを同時多発でやる」

それで向こうは情報を渡すと思うか？

霧村が答えた。

「思わない。向こうもプロだ。情報は明かさないだろう。しかし、揺さぶりにはなる。俺たちはタンスの中に隠れている松浦を引っ張り出そうとしているんだ。とりあえず揺さぶってみよう」

揺さぶりか。いいだろう。ガンガン揺さぶれば何か出てくるかもしれない。やってみよう。

高野と霧村は直ちに準備に取り掛かった。

数日後、揺さぶり作戦は決行された。七人のマルゲリに対して、五人一組で一斉に襲いかかったのだ。

結果は次の通りである。

・血相を変えて逃げた者　一名
・完黙を貫いた者　一名
・「伊地知はスパイだ」と言い続けた者　一名
・友好的に対話に応じた者　四名

作戦終了後、霧村は「いやー、聞いてみるもんだな。尾行なんてしないで、初めから聞けばよかったよ」と言っていたが、対話に応じた四人は驚くほど友好的で、我々はこの作戦で重要な情報を得た。なんと、松浦と現場は、この間、ずっと連絡を取り合っていなかったのだ。マルゲリの連絡網が切断されていたのである。

松浦には何人かの秘書がいて、その秘書が各支部を回る。そして、各支部の責任者に指示を伝え、それを各支部の責任者が現場に下ろす。マルゲリの連絡システムはこうなっていたのだが、堀大支部では、九月、後期が始まる直前にこのシステムが機能しなくなった。堀大支部の責任者が入院してしまったのだ。それで、堀大支部は党から切断された陸の孤島と化していたのである。責任者とは、秩父で高野にノックアウトされた菅野だ。

菅野は顔面骨骨折の重傷で、右の顔面にチタンのプレートを入れ、ボルトで固定する手術を受けたという。肋骨3本と左手の親指も折れていた。とても活動ができる体ではなく、回復にはまだ時間がかかる。

霧村は言う。

「俺さ、なんかおかしいと思っていたんだよ。この間、マルゲリがずっと同じビラを配っているんで。責任者の菅野がいないんで、新しいビラが出せなかったんだな」

俺もおかしいとは思っていた。マルゲリは寺岡のテロを激しく非難している。テロを許さないと言っている。ところが、秩父の件については何も言ってこない。高野がGKの一員になった時、俺はこう思った。これでマルゲリは「GKはテロリスト集団だ」というキャンペーンを張ってくるだろうと。が、マルゲリは何もやってこない。俺にはマルゲリの考えが読めなかった。が、これでわかった。マルゲリは何も考えていなかったのだ。

我々との対話に応じた四人は完全に戦意を喪失していた。党からの連絡が途絶え、彼らは途方に暮れていたのだ。彼らは戦場に取り残された迷子のようなものなのだ。同じ学館にいるのだから、彼らにはGKの動きが見える。戦う気満々のGKを見て「まずい」と思ったことだろう。が、党からはなんの指示もない。だから、どうすることもできない。「座して死を待つしかないのか」。そんな風に思い詰めていたようだ。

そこに我々が現れてこう言った。

「俺たちのターゲットは松浦ただ一人だ。俺たちはおまえの敵ではない。おまえは同じ堀大の学友だ、仲間だ。だから、おまえとは戦いたくない。松浦と心中するなんてバカなことは考えないでくれ。同じ堀大生が憎しみ合うという、この不幸な戦争を終わらせるために、俺たちに力を貸してくれ」

土曜日が来た。この間、GKの定例会議は学外の会議室を借りて行っていた。マルゲリのいる学館では落ち着いて話ができないからだ。同じ屋根の下にいるもの同士で戦争するというのは、こういうところがいちいち面倒くさい。

が、この日は、我々の拠点である学館の三階、BOX305で開いた。揺さぶり作戦の結果、マルゲリが「拉致・監禁ができるような状態じゃない」とわかったからだ。

まず、最初に伊地知が発言した。

「防衛隊の同志諸君には感謝している。授業を受けている時も、教室の外には同志がいる。牛丼屋でバイトをしている時も、外を見れば同志がいる。いつも必ず近くに同志がいる。心強かったよ。幸せな日々だった。でも、もういいんじゃないのか。みんなも大変だったと思うけど、俺も疲れたよ。二四時間護衛付きの生活ってストレスが溜まるんだ。もういいよ。俺は自由になりたい」

寺岡も同意した。

「うん、マルゲリはあんな状態だし、警戒レベルを緩めていいんじゃないのか」

俺もそうしたほうがいいと思っていた。防衛隊の十五人には他の任務についてもらった方がいい。が、警戒レベルを緩めると気持ちも緩む。それが心配だった。

そんなことを考えている時だった。バーンと大きな音を立ててＢＯＸ３０５のドアが勢いよく開いた。

「おい、俺は堀大のＯＢだ。木下ってもんだ。青木の親分の使いで来た。黒のアタマの武川ってやつは、どいつだ？」

黒いサングラスをかけ、紫色のダブダブしたスーツを来て、白いエナメルの靴を履いた、どこから見てもヤクザという風体の男が立っていた。

5

ヒュンと風が吹いたかと思ったら、パチーンという音がして、黒のサングラスの男が吹っ飛んだ。

高野が引っ叩いたのだ。男は尻餅をついて、あわわと口を開けて狼狽えている。高野は男の襟首を掴んでこう言った。

「おい、おっさん、黒のアタマにそんな口の利き方していいと思ってるのか」

「悪かった、すまん、謝る、謝る」

男は必死に謝る。高野の目つきにただならぬものを感じたのだろう。このところ、高野はいつもピリピリしている。

「申し訳ない、申し訳ない」

男はひたすら頭を下げる。

「俺は堀大のOBなんだ。ほら、おまえらもマルゲリの松浦は知っているだろう。俺はあいつのダチなんだ。学生時代からのダチなんだよ」

霧村がすっ飛んで来た。

「おまえ、松浦と会ったのか」

「会ったよ、松浦に聞いたんだよ。武川さんが黒のアタマだって。本当だよ」

「松浦はどこにいる」

「えっ」

「どこで会った」

「銀座のサ店だよ」

「松浦とはどうやって連絡をとったんだ」

「そ、それは」

「言え」

「いやだ」

霧村は男を睨みつけながら、こう言った。

「武川、こいつ、痛めつけていいか?」

俺は社長が言っていたことを思い出した。「殴るならヤクザを殴れ、ヤクザは警察にチクらない」。

この男もヤクザだろう。どこから見てもヤクザだ。ならば問題ないか。

「お、おい、ちょっと待てよ。俺は青木の親分の使いで来たんだぞ。俺に手を出したら、青木の親分を敵に回すことになる。おまえら全員、殺されるぞ。わかっているのか」

青木の親分って誰だ?

「青木の親分は新宿を仕切っている大親分だ。俺は親分の代理で来たんだ。ぞんざいな口を利いたのは悪かった。ちょっと先輩ヅラしただけだ。謝るよ。だから、俺の話を聞いてくれ。ここで俺が話をまとめなかったら、大変なことになるぞ。戦争になるぞ。おまえたちにその覚悟はあるのか?」

マルゲリとの戦争で忙しいのに、ヤクザと戦争している余裕はない。また、この男は松浦のダチだという。ヤクザとマルゲリが組んだら、さらに面倒なことになる。

「わかった。話を聞こう」

「そうしてくれるか、さすが黒のアタマだ」

男の話というのはこうだった。

新宿の繁華街で青木組の若い衆三人と学生がケンカをした。そのケンカで若い衆が大怪我をした。

「バーンって投げ飛ばされて、尾てい骨が砕けたっていうんだ」

誰かが警察に通報したようで、すぐにパトカーが来た。学生はそれを見ると、「俺は堀大の黒ヘルだ。文句があったら学館に来い」と言って、その場を去った。

「子分が大怪我したんだ。青木の親分も黙ってはいられない。しかし、黒ヘルだ、学館だと言っても、なんのことだかわからない。それで、堀大のOBの俺のところに話が来たんだよ。俺、こっちの世界では大学出のインテリヤクザとしてちょっとは名前が知れてんだ」

それで、俺にどうしろと言うんだ？

「青木の親分が黒のアタマと会いたいっていうんだよ。親分が直々に会ってくれるんだぞ。ありがたいと思え。これも俺が間に入っているからだ。心配ない。悪いようにはしない。後輩のやったことだ、俺も一緒に謝る。だから一緒に来てくれ」

会うのはかまわない。が、事実関係がよくわからない。こっちもいろいろ調べなければならない。ヤクザとケンカをした人間からも話を聞かなければならない。

「そりゃ、そうだ。よし、こうしよう。一週間後、また来る。それまでに調べておいてくれ」

木下が帰ろうとすると、「ちょっと待て」と高野が呼び止めた。

「ヤクザと学生がケンカしたっていうのは、いつのことだ？」

「あー、悪い、悪い。言い忘れたよ。けっこう日が経っているんだけどな。七月三十一日、夜の十時、場所は歌舞伎町だ」

高野が言った。

「それ、俺だ」


この日の夜、俺は高野の住んでいる学生寮に行った。北海道の企業家たちが道出身の学生のために建てた寮だ。一階はホテルのロビーのような作りになっていて、受付のカウンターがあり、その前に応接セットのようなソファとテーブルが置いてあった。

「ここで話そう。ここは談話コーナーっていうんだ」

「へー」

俺が寮に来たのは他でもない。新宿でのケンカの話を聞くためだ。ＧＫとは関係のないことなので、学館の外で話を聞こうと思ったのだ。

「武川には迷惑かける。申し訳ない」

「迷惑とは思ってないけど、あちこちでケンカしてるんだなと驚いているよ」

「自分でもバカやったと思っているよ。あの日の俺は、ちょっとおかしかったんだ」

「何かあったのか？」

「七月三十一日は、千秋と別れた日なんだ」

前に問い詰めた時、高野は「森口千秋は恋人ではない」と言っていた。が、どう考えても二人は恋人関係だ。いったい二人に何があったのか。

「千秋と会うようになったのは八五年の九月からだ。一文連の本部室にいると、マルゲリの機関紙を持った彼女がやって来て、少し話をして帰る。はじめのうちはそれだけだった。オルグ担当といっても、マルゲリに入ってほしいとか、マルゲリの集会に来てほしいとか、そういうことは言わなかった。だから、俺も気楽に会っていたんだけど、毎週会っていれば、親しみも湧いて来る。それで、だんだん政治とは関係ない話もするようになり、学食で一緒に飯を食うようにもなった。でも、そこまでだった。大学の外の喫茶店に二人で行くようなことはなかったし、もちろん、飲みに行くこともなかった。誘ってみようかと思ったことはあったよ。だけど、彼女はオルグで来ているんだ、党の任務で来ているんだ、彼女が俺と会うのはお仕事なんだ、そう思って気持ちを抑えた。

二人の関係が変わったのは、八六年の十二月だ。俺の母親の再婚が決まった。それで、デパートの商品券が届いた。今度、再婚相手と東京に行くから三人で食事をしよう、これで、ちゃんとしたスーツとちゃんとした靴を買いなさいと手紙に書いてあった。再婚は大賛成だ。しかし、スーツには困った。そんなもん、買ったことがないから、どういうのがいいのかわからない。それで、千秋に相談した。実は、こんなことになったんだけど、俺、父親がいないんで、スーツっていわれてもピンと来ないんだ、どういうのがいいんだろう、と。彼女はこう言った。私も詳しくはないけど、私には父もいるし、兄もいるから、高野君よりはわかっていると思う。いいよ、私に任せて、選んであげる。それで、二人で池袋に行った。大学の外で彼女と飯を食ったのは、その時が初めてだ」

高野はこうしてスーツと靴を揃え、あとは母親と再婚相手が東京に来るのを待つだけとなった。が、ここで不測の事態が起きる。北海道警の刑事が現れ、高野を逮捕するのだ。容疑は銃刀法違反。刑事は「高野の名義のトランクルームから銃が出た」という。

「驚いたよ。俺、トランクルームなんて借りてないから。結局、誰かが勝手に俺の名前を使ったってことで釈放されるんだけど、お食事会はパーだ。まいったよ。悪いのは俺を逮捕した警察で、もっと悪いのは俺の名前を勝手に使った犯人だ。俺は何にも悪くない。が、そんなことを母親に言ってもしょうがない。それで、とにかく母親に謝ろうと思って北海道に電話をかけたんだけど、母親は上機嫌。なんと、千秋がお食事会に来てくれたっていうんだ。それだけじゃなく、東京見物にも付き合ってくれたという。母親は、本当にいいお嬢さんで、私も安心とか言って喜んでいる。で、千秋に会った時、何があったのか聞いた。そしたら、千秋はこう言う。マルゲリの弁護士から、堀大の高野が逮捕されたという連絡があった。お母さんに事情を説明しようと思ったけど、どこのホテルに泊まっているのかわからない。でも、お食事会のレストランの名前は聞いていたから、レストランに電話をして確認した。そして、レストランに行って、高野君は来られなくなりましたけど、これは冤罪ですから安心してくださいとお母さんに言った。本当に冤罪でよかったと千秋は笑っていた。

二人で飲みに行くようになったのは、それからだ。お互いの呼び方も変わった。それまでは、高野くん、森口さんだったけど、飛翔くん、千秋さんになった。

でも、そこまでだ。男女の関係にはならなかった。やっぱり壁があったんだよ。どこかで線を引かないといけない。そうしないと大変なことになる。俺はそんな風に思っていたが、彼女もそうだったと思う」

6

月曜日の夜、臨時会議を開いた。土曜日は会議の途中で木下が来て、議論が中断した。それで、改めて招集したのだ。高野の姿はない。俺が謹慎を命じたのだ。

「えー、防衛体制をどうするかって話から始めよう」

伊地知が発言した。

「もう限界だ。許してくれ。一人になりたい」

これで解除と決まった。防衛隊長の高野も謹慎になったのだから、タイミング的にもちょうどいい。

そして、揺さぶり作戦は続行、防衛隊の十五人がこれに当たることになった。ただし、今後は情報収集よりもマルゲリ活動家の懐柔に重きをおく。

捜索隊の今後に関しては、霧村から次の方針が出た。

「マルゲリの連絡システムがわかったので、それを使いたい。堀大のシステムは菅野のダウンで機能していないが、他大学のシステムは機能しているはずだ。だから、他大学のシステムから松浦に近づく。実はM美大には友達がいて、M美大支部の責任者が誰なのかわかっている。そいつから秘書、そして、松浦へと迫る」

決定だ。これで、当面の方針は決まった。あとは、淡々とやるべきことをやるだけだ。

「では、今日の会議はこれで……」

俺がそう言いかけたところで、伊地知が手を挙げた。

「新宿の件、高野はなんて言ってた？」

「ケンカは事実だそうだ。頭から突っ込んで来たやつをガシッと受け止めたら、ちょうど、ブレーンバスターの体勢になった。それでそのまま投げたと言っていた」

「なんでケンカになったんだ？」

「高野が一人で飲んでいた。そこに三人組が現れて大騒ぎを始めた。少し静かにしてくれないかと高野が言った。それで、なんだこの野郎とケンカになった。典型的な飲み屋のケンカだよ。与太者同士のケンカだ。バカなことをしたと高野も反省している」

土曜日の夕方、木下が来た。

「よっ、青木の親分さんが車を出してくれたよ。正門の前に停まっているベンツだ」

俺は伊地知とベンツに乗り込んだ。俺は一人で行くと言ったのだが、それはダメだということになって、伊地知が同行することになったのだ。

ベンツは、新宿と大久保の間のごちゃごちゃしたところの雑居ビルの前で停まった。

「ここの二階のコンチネンタルってバーに行ってくれ」

「木下さんは来ないの？」

「うん、俺は外で待っているよ」

この男は一週間前、俺が間に入るとか、一緒に謝るとかいろいろ言っていたが、あれはなんだったのか。

とにかく、ここまで来たんだ、今さら帰るわけにもいかない。俺たちはコンチネンタルのドアを開けた。

「いらっしゃいませ」

アングラ劇団の女優のような雰囲気のロングヘアーの女性がカウンターの中に立っていた。

「奥の席にどうぞ」

奥の席には真っ白いスーツを来た男が座っていた。三十歳くらいか。髪は茶色でサーファーカット、サーファーのように日焼けもしている。

「こんにちは。どうぞ、座ってください」

男は立ち上がって、俺たちに席をすすめた。笑顔は爽やか、体は引き締まっている。サーファーというよりも、テニスのコーチという雰囲気だ。

「私が青木です」

「えっ」

俺は驚いた。伊地知も驚いていた。「ヤクザの親分」というので、着物を着たおじいさんをイメージしていたからだ。

「どうしました？」

「もっと、年配の方かと思っていたので」

「ははは、そうですよね。でも、本当にこれでもヤクザの親分なんですよ。といっても総勢十数人の小さな組ですけど」

「えっ、新宿を仕切る大親分って聞いたんですけど」

「ハッタリですよ。我々の世界は白髪三千丈ですからね。私が仕切っているのは、新宿のごく一部です」

「木下さんは、こちらの組員なんですか？」

「とんでもない。あの人はブローカーですよ。どこの組にも属さない一匹狼。言うなればフリーランスのヤクザです。ハッタリしかないような人ですけど、けっこう役に立ってくれますよ。そうだよな、奈月」

カウンターの女性は奈月というようだ。

「あの人のハッタリで迷惑している人も多いよ。ウソと本当の境が壊れてるのよね」

「しょうがないだろう。この業界、みんなどこか壊れてるんだから」

二人の会話を聞いて、俺は思った。ヤクザの世界も黒ヘルの世界も基本的なところは同じだ。うちの人間も、みんなどこか壊れている。

「はい、できた。あんた、運んで」

奈月はスパゲッティを盛った皿をカウンターに並べた。

「食事はまだですよね。ここのスパゲッティは最高です。食べてください」

青木はよく喋り、よく笑った。こういう展開は予想していなかったので、俺たちは戸惑った。

食後のコーヒーを飲んでいる時だった。「そろそろ正式にご挨拶したいんですが、よろしいでしょうか」と青木が言った。

「はい。そうしてください」

「えー、今日はこんなむさ苦しいところに来ていただいて、ありがとうございます。えー、この三か月、黒ヘルさんのことをいろいろ調べました。警察とのコネも使って、みなさんの逮捕歴も調べました。有名なマルゲリとバチバチやっていることも知りました。驚きましたよ。黒ヘルさんは人材の宝庫だ。うちの業界が必要としているのは、度胸があって、ケンカが好きで、警察が大嫌いって人間なんですけど、黒ヘルさんは三拍子揃っている。それで、一度、挨拶したいと思ったんですけど、私のような人間が大学に行くわけにもいかない。それで木下さんに頼んでね。どうか、これをご縁に仲良くしてください」

「あ、そういう話なんですか。僕はてっきり、謝罪しろとか慰謝料を払えとか、そういう話かと」

「武川さん、私たちの世界は力の世界です。ケンカは勝った方が偉い。負けた方が悪い。勝った方が威張る。負けた方が謝る。今回のケンカ、勝ったのは高野さんです。一人で三人を倒した。すごいですよ。謝らなきゃならないのはこっちです」


その夜、俺は伊地知と二人で飲んだ。

「武川、俺、どうしてもわからないことがあったんだけど、今日、やっと謎が解けたよ」

「何が謎だったんだ?」

「一九八三年三月八日のリンチだ。どうして先輩たちは問題にしなかったのか、どうして徹底的に糾弾しなかったのか、俺にはわからなかった。が、青木の親分の話を聞いてわかったよ。ケンカは負けた方が悪い。だから、先輩たちは文句が言えなかったんだ」

学生運動の世界も力の世界ということか。

「武川、マルゲリとのこのケンカ、絶対に勝とう。ケンカは勝たなきゃダメだ。俺は絶対に負けたくない」

7

秋が過ぎ、冬が来た。

十二月の初め、マルゲリとの戦いは、いよいよ最終局面に入った。霧村の捜索隊が松浦のアジトを発見したのだ。

「四谷の小ぢんまりしたマンションだ。住所は新宿区若葉。松浦の秘書と思われる人間が盛んに出入りしている。が、松浦本人を見たわけではない。張り込みを続ける」

懐柔作戦も順調だった。松浦と現場の溝は、我々が思っている以上に深いようで、「寺岡、伊地知をやれと言われても、絶対にやらない」と宣言するものも出て来た。

が、問題も起きていた。高野である。高野がＧＫの作戦とは関係なく、「森口千秋がどこにいるのか教えてくれ」とマルゲリのバイト先を回っていることがわかったのだ。

俺は、寮で話をした時のことを思い出した。

「今年の六月までは上手くいっていたんだ。が、七月に入っておかしくなった。俺がこう言ったんだ。連絡先を教えてくれ、と。変な話だよな。二年近く、週に一度は必ず会う関係だったのに、俺は彼女の連絡先を知らなかったんだ。俺にそう言われて、彼女はハッとしていたよ。ごめん。本当にごめん。やっぱり変だよね。私は問題なかった。学館に行けば会えるし、学館で会えなかった時は寮に電話をしていたから。私は問題なかった。彼女はそう言っていた。でも、俺には問題があったんだ。

三月に一文連の執行部を離れてから学館にはあまり行かなくなった。居場所がなくなったんだ。本部室には新しい執行部がいる。俺が行っても、何しに来たんだって顔をされる。だけど、学館に行かなきゃ千秋に会えない。千秋がいつ来るかわかっていれば問題はない。だけど、千秋の予定はわからない。それで、ずいぶん無駄な時間を過ごしたよ。それでも六月まではよかった。授業があったから大学に行く理由があった。が、夏休みになったら大学に行く理由もない。

それで、千秋に言ったんだ。こっちからも連絡ができるようにしてほしいと。彼女は困っていたよ。アジトの電話番号を教えることはできない。自治会室にも電話があるけど、誰が出るかわからないし、あなたと話しているところを他のメンバーに見られたくはない。私の母は、外堀大学経済学部自治会気付　森口千秋宛てで手紙をくれる。だから、いざというときはそういう形で手紙をくれてもいいけど、うちは革命組織だから、プライバシーなんて保障されない。きっと誰かに読まれる。千秋はあれこれ考えてくれたが、いい案は出なかった。

次に会った時、彼女はこう言った。根本的な解決にはならないと思うけど、こういうのはどう。私、毎朝、あなたの寮に電話をする。やったーだよ。いいよ。そうしてくれ。寮の電話は呼び出しだけど、時間を決めてくれれば電話の前で待っているよ。

次の朝、さっそく電話があった。今日は市民団体の手伝いで杉並区に行く。夜の八時には体が空く。それで、その日は杉並で会った。次の日は、今日は一日、多摩キャンパスにいる。それで、俺は多摩キャンパスに行った。次の日も会った、その次の日も会った。が、その次の日から電話は来なくなった。

次に電話があったのは七月三十一日の朝だ。大切な話があると千秋は言った。それで、夜、池袋で会った。スーツと靴を買った日、二人で行った店に行った。彼女は泣きべそをかきながら、こう言った。堀大を離れることになった。他の戦線に行くことになった。だから、あなたのオルグ担当も終わり。

彼女はこう言った。私は初めからイヤだった。だって、あなたがマルゲリになるなんて思えなかったし、党もそんなこと期待していなかったから。党が私をあなたのオルグ担当にしたのは、あなたを敵に回さないため。私があなたと仲良くやっていれば、あなたはマルゲリに敵対しない。そう考えて党は私をあなたにつけた。うちの党はそういうことをするのよ。女をそういう風に使うのよ。私は生贄にされたのよ。こんなのおかしいでしょう。だから、イヤだった。だけど、党の決定だから従った。ずっと続けた。でも、もう限界。私、自分が何をやっているのか、わからなくなった。これ以上は無理。

彼女は、初めからイヤだったと言った。俺にはその意味がわからなかった。それで、俺と会うのがイヤだったのかと訊いた。彼女は怒ったよ。そんなこと言ってない。こんな形で出会いたくなかったって言っているの。でも、しょうがない。こんな形で出会ってしまったんだから。私はあなたを苦しめた。それは自覚している。でも、私も苦しんだ。だから、お互いに楽になりましょう。彼女はそう言って店を出た。俺は体に力が入らなくて、追うこともできなかった。彼女を見たのはそれが最後だ。

それからも毎朝、電話を待った。が、電話は来なかった。学館にも毎日行った。学館に行けば彼女に会えなくても、彼女の情報が入るんじゃないかと思って。

秩父で菅野に話しかけたのも、千秋の情報が欲しかったからだ。が、菅野は「党の機密だ」と言って何も教えてくれない。それで険悪な雰囲気になってケンカになった。

菅野が伸びているのを見たときは、しまったと思ったよ。これで学館を追放される。そうしたら彼女の情報は入ってこない。それは困る。それで俺はGKに入った。GKに入れば追放されないと思って。酷い話だな。公私混同も甚だしい。俺は最低の人間だ」

8

朝、社長から家に電話があった。

「おい、高野君が来たぞ」

俺はすぐに店に行った。

「武川、俺、旅に出るよ」

「そうか」

「いろいろ世話になった。迷惑ばっかりかけて、何のお返しもできなかったけど、勘弁してくれ」

「どこに行くんだ？」

「沖縄だ。浦添ってところに中国武術の道場がある。そこに行く。前からその道場が気になっていたんだ」

「沖縄か」

「千秋も沖縄が好きでな。基地問題で何度か行ったらしいんだけど、沖縄の天気は俺みたいだって言っていたよ」

「どういう意味？」

「暖かくてスカッとしているけど、嵐の時はどうしようもない。そんな意味らしい」

「沖縄で、彼女と再会できるといいな」

高野はボストンバッグから包みを取り出した。

「これを青木の親分に渡してほしいんだ。迷惑かけたんで、そのお詫びだ」

「ずいぶん重いな」

「開けてみろ」

包みの中には銃が入っていた。

「トカレフだ。本物だよ。詳しいことはよくわからないけど、ソ連軍の将軍用に作られた上物らしい」

「こんなもん、どうしたの？」

「北海道の、俺の通っていたボクシングジムの会長にもらったんだよ。ほら、俺、銃刀法違反で逮捕されたことがあるだろう。あの時、すぐにピンと来たんだ。俺の名前でトランクルームを借りたのは会長だって。それで電話をしたら、すぐに東京に来て、お詫びだと言ってこれを置いていった」

夕方、俺は新宿のコンチネンタルに行った。

「こ、これを私にくれるんですか。これ、五十万、いや、百万くらいの値打ちがありますよ」

「迷惑かけたお詫びと言っていました。僕が持っていてもしょうがないんで収めてください」

夜、霧村から電話があった。

「今、四谷だ。松浦を確認した。マンションから出てタクシーに乗った。中村と石川が追っている」

「わかった。やっぱり松浦のアジトだったんだな」

「睨んだ通りだ。ただ、一つ気になることがある」

「どうした？」

「木下だよ。一時間くらい前、あいつによく似た男がマンションに入っていって、三十分くらいで出てきた」

一時間後、霧村から電話があった。

「今、松浦を追っていった中村、石川と合流した。驚いたよ。松浦の行き先は桜田門だった。警視庁だよ」

「何だって?」


何かとんでもないことが起きている。翌朝、俺は緊急会議を招集した。場所はBOX305。

霧村が昨夜のことを報告している時だった。コンコンとドアをノックする音がした。伊地知がドアを開けると菅野が立っていた。

「ちょっと、失礼していいか」

菅野は顔の半分が隠れるような大きな絆創膏を貼っていた。体はずいぶんスリムになっていた。

「GKの諸君に報告がある。松浦が警察に投降した。やつの始末はこっちでつける。諸君とはいろいろあったけど、これで終わりにしたい」

その夜、俺は伊地知と一緒にコンチネンタルに行った。青木なら何か知っていると思ったのだ。

昨日から今日にかけて起きたことを話すと、青木はニヤっと笑ってこう言った。

「武川さんが帰った後、木下さんが来たんですよ。で、トカレフを見せたんです。ＧＫさんはすごいよ。こんなものまで持っているとね。木下さん、目を丸くして、本当に堀大の連中が持って来たんですかって奈月に聞いたんですよ。それで、奈月がこう言ったんです。本当ですよ。さっき武川さんが来て、これで松浦を始末してくれって置いていったんです」

俺は伊地知と居酒屋に入った。

「とりあえず、乾杯しよう」

「そうだな」

伊地知は浮かない顔をしていた。

「どうした、俺たち、勝ったんだぞ」

「いや、勝ったのは高野だよ。結局、俺たち、何にもやってないじゃないか」

第五話　秘密党員

毎年四月、外堀大学では新入生に
「学生会館への案内　新しい学友にむけて」が配られる。
このパンフレットの「学館闘争の歴史」というページには
さまざまな事件が記さている。
が、これらの事件の真相を知る者は少ない。

1

日曜日の朝、ジョーから電話があった。

「よ、武川《たけかわ》、久しぶり」

「おお、ジョー、どうした?」

「うん、実はな……」

訃報かな。俺はそう思った。というのは、前にジョーから電話があったときもそうだったし、前に俺がジョーに電話をかけたときもそうだったからだ。このところ、俺たちは訃報のやりとりしかしていない。

「実は、春彦さんのパートナーを名乗る人からメールが来て、昨日、会ったんだ」

ジョーはそう言った。

「春彦さん？」

「ほら、カント研にいた赤城春彦さんだ。俺たちよりも二つか三つ年上で、T大の大学院に通っていた人だよ。覚えてないか？」

覚えてない。記憶にない。が、T大の大学院生がカント研究会に入ったという話は聞いたような気がする。同じ時期に同じ学館にいたのなら、どこかで会っているかもしれない。

「で、その、春彦さんがどうかしたのか？」

「春彦さん、亡くなったんだ」

やはり訃報だった。俺たちはこうやって訃報のやりとりを続けていくのだろう。

昔はこうではなかった。ジョーからの電話といえば、「誰々が逮捕された」という連絡と決まっていた。が、四十代の半ばを過ぎたあたりから「誰々が死んだ」という訃報に変わった。歳をとると、監獄よりも墓場の方が近くなるのだ。

春彦の死因はアルコール性肝硬変。一月十日に吐血して入院、そのまま快復することなく二十日に死亡した。

「春彦さんらしい死因だよ。あの人、あの頃からアル中だったから」

それにしても、倒れてから十日で亡くなるとはあっけないものだ。遺族にとっても、あっという間のことだっただろう。

「パートナーさん、もう少し時間がほしかった、もっといろいろ話をしてほしかったと言っていたよ」

二人は四十代になってから出会った。だから、パートナーは若い頃の春彦を知らない。写真を見たこともない。それで、若い頃の春彦の友人であるジョーに連絡した。写真は残ってないか、何か話を聞かせてくれないかと。ジョーの連絡先はＳＮＳで見つけたらしい。

「春彦さんって、自分の過去を話さない人なんだよ。昔もそうだった。過去のわからない人だった。パートナーさんもそう言っていたよ。何をしていたのか全然知らないと。Ｔ大卒だってことも春彦さんの職場の上司に教えてもらったと言っていた。外堀大学のことも死ぬ三日前にはじめて聞いたと言っていたよ。死ぬ間際になって、突然、俺たちのことを思い出したんだろう」

俺たちが外堀大学の学館にいたのは三十年以上も前のことだ。春彦は死の三日前に、いったい何を思い出したのか。

「実はな、春彦さんは秘密を抱えていたんだ。俺が口止めしたんだ。誰にも言わないでくれと」

「秘密？」

「複雑な事情があるんだ。電話で話せるようなことではないんで、これから文章にまとめる。出来上がったら送るよ」

「その秘密って俺にも関係あることなのか?」

「あるよ。大いにある。これから俺が書くのは、堀大学生運動の最高機密、一九八八年の三月に起きた学館襲撃事件の真相だ」

2

それから一週間経って、ジョーから手記が届いた。

ジョーは学生時代、世界革命を目指して共に戦った同志である。GK(学術行動委員会)の名簿にはこうある。

ジョー・マエハラ　一九六五年三月十九日生まれ。栃木県S高校卒。一九八五年四月、外堀大学文学部哲学科に入学。同年十月、学費値上げ阻止!　哲学科一年生有志の会を結成。哲学科一年生のリーダーとして学費値上げ阻止闘争を戦う。八六年四月、哲学会執行部に入り、八七年度は哲学会副委員長、八八年度は哲学会委員長を務める。八九年三月、卒業。(住所、電話番号は略)

ジョーと俺は同じ一九八五年入学の同期の桜である。だから、ジョーが哲学会委員長になったときは、「俺たちの時代が来た」と思ったものだが、ジョー政権の船出は穏やかなものではなかった。八七年度の委員長、伊地知友也がジョーを後任に指名したのは八八年二月の上旬。その月の下旬にはジョーを首班とする新執行部のメンツも決まり、哲学会は三月からジョーの新体制で動き出した。が、ジョーはすぐに躓いた。三月十日に発生した学館襲撃事件への対応を巡って新執行部内で孤立し、黒ヘルOBも敵に回した。

当時、俺はGKの代表という立場にいた。俺のもとには学内のさまざまな情報が集まってきた。だから、学館襲撃事件のことも、誰が犯人で、どうケリがついたか、すべて知っているつもりでいた。

が、俺のもとに届いたジョーの手記には、俺の知らなかった事実が記されていた。

以下、ジョーの手記をもとに、あの激動の日々を再現してみよう。

ジョーの手記より

まずは、春彦さんとの出会いから始めよう。春彦さんがはじめて学館に現れたのは一九八七年の六月だ。あの頃、俺が会長をやっていたカント研究会主催のシンポジウムに来たのだが、パネラーの教授に鋭い質問を浴びせるなど、春彦さんは目立っていた。

企画のあとに神楽坂の飲み屋でやった交流会にも来てくれたので、俺は学館自主管理の話や哲学会の話をした。春彦さんは、ふむふむと頷きながら真剣な顔をして聞いてくれたよ。そして、カント研に入ってくれることになった。

T大の大学院でドイツ哲学の研究をしている春彦さんの加入はカント研にとって大きかった。万年Bクラスの弱小球団に、現役バリバリのメジャーリーガーが来たようなものだ。おかげで学習会のレベルは上がり、会員もどっと増えた。

春彦さんは人柄もよくてね。礼儀正しくて、とにかく真面目。遅刻、忘れ物なんて絶対にしない。さすがT大だと思ったよ。堀大生とは全然違う。かといって、エリートぶるようなところもなく、カント研の学習会では、いつも会長の俺を立ててくれた。俺より歳も上なのに。本当に優秀な人ってこうなんだと思ったよ。この人が俺の兄貴だったらどんなによかったか。そんなこともよく考えたよ。

そんなわけで俺は春彦さんに心服していたんだけど、春彦さんには問題もあった。アル中で酒乱だった。普段は物静かな人なのだが、酒を飲むと人格が変わる。見境なく人にからみ、手当たり次第に物を壊す。

八月には飲んで暴れて、公務執行妨害で逮捕された。赤色灯を回してやってきたパトカーに、近くにあった自転車を投げつけたんだ。ゴジラのような暴れっぷりだったよ。

留置場に面会に行ったとき、春彦さんの弁護士とばったり会った。それで喫茶店で少し話をした。

「すぐに釈放されると思ったんですけどね。あの人には前があるから、長くなるかもしれません」

弁護士はそう言った。春彦さんには前科があると。どんな罪で捕まったのかは教えてくれなかった。

3

一九八八年三月十一日(金)の早朝、外堀大学に出勤した清掃員が異変に気づいた。学生会館本部棟の一階、中央エレベータ前に設置されている公衆電話が徹底的に破壊されていたのだ。そして、エレベータの向かいの部屋であるＢＯＸ１０３には4缶分のペンキがぶちまけられていた。

前日の夜、学生会館の事務局員が退館したのは23時10分。そのときには何の異常も見られなかったというから、十日の深夜から十一日の早朝にかけて何かが起きたのだ。

これが学館襲撃事件である。

『外堀大学新聞』の取材に応じた清掃員は現場の様子をこう語っている。

「公衆電話は粉々に破壊されていました。よくもまあここまで徹底的にやるものだと感心しましたよ。10円玉がいくつか転がっていましたから、金目当てではなかったのでしょう。怨恨でしょうね。少し離れたところに丸いものが転がっていましてね。よく見るとダイヤルでした。

ＢＯＸ１０３は異様な空間になっていましたよ。変な匂いがするなと思ってドアを開けたんですけど、壁といわず、天井といわず、部屋中に赤と青のペンキがぶちまけられていて、前衛芸術家が大暴れしたあとのようでした」

ジョーの手記より

三月十日(木)の夜、23時過ぎ、俺のアパートに春彦さんから電話があった。

「おい、ジョー、例の件はどうなっているんだ」

春彦さんは怒っていた。酒が入っているようだった。

例の件とは、GKに春彦さんを推薦する件だ。

一月の終わりだったと思うが、突然、春彦さんが「俺もGKで活動がしたい。GKに入りたい」と言って来たんだ。驚いたよ。社会問題や政治的なことに関心があるようには見えなかったから。集会に誘っても、いつも「その日は用事がある」と言って来なかったし。それで、「急にどうしたんですか」って聞いたら、「前から関心があった」という。本人がそう言うのならそうなんだろう。俺はそう思い、「GKに入るには、GKのメンバー二人の推薦が必要です。一人は僕がやりますけど、もう一人を誰に頼むか、少し考えさせてください」と言ってその日は別れた。

もう一人の推薦人を探すのは難しいことではなかった。武川でも伊地知でも霧村でも、頼めば、うんと言ってくれただろう。が、俺は動かなかった。本当にこの人を推薦していいのか、わからなくなっていたんだ。それで、春彦さんに「例の件はどうなった」と聞かれても、のらりくらりとごまかしていた。

そんな俺の態度に業を煮やしたのだろう。

「おい、ジョー、いつまで俺を待たせるんだ」

春彦さんは荒れていた。どこで飲んでいるんですかと聞くと、哲学会のＢＯＸ３０５だという。

「ＢＯＸに泡盛が置いてあったから飲んでやっているんだ。スコッチも置いてあるから、これも飲んでやる。学館中の酒を飲んでやる。ワッハッハ」

俺はまずいと思った。このままでは春彦さんは事件を起こす。

「春彦さん、学館では暴れないでください。春彦さんが学館で暴れると哲学会の責任になります。下手すると哲学会は取り潰しになる。だから、今すぐ学館を出てください。暴れるなら外で暴れてください」

俺は必死にそう頼んだ。が、春彦さんは「うるせー」と言って雄叫びをあげている。

俺は急いで服を着て駅に向かった。力づくで連れ出すしかないと思ったのだ。

飯田橋駅に着いたのは24時少し前。ここから桜並木を10分歩けば外堀大学の正門に出る。走れば5分で着く。

が、走る必要はなかった。飯田橋駅のすぐ近く、富士見町教会前の交差点でタクシーに乗り込む春彦さんの姿が見えたのだ。やれやれだ。俺はタクシーが走り去るのを見届けて、家に引き返した。

4

十一日(金)の午後、学生会館の運営組織である学生会館学生連盟は緊急理事会を招集、この事件の名称を「3・10学館襲撃事件」とした。同時に学生連盟事務局内に「3・10学館襲撃事件対策本部」を設置した。「3・11」ではなく、「3・10」にしたのは「十一日の朝よりも十日の夜と考えたほうが胸に迫ってくるものがある」からだという。たしかに、「明け方の襲撃」よりも「闇夜に紛れての襲撃」の方がイメージしやすい。

自治会、サークル団体、学術団体なども一斉に動き出し、この日のうちに「3・10学館襲撃弾劾！　全学会議」が結成された。

この日、俺が学館に着いたのは夕方だった。すでにエレベータ前もBOX103もきれいに片付けられていた。

哲学会のBOX305に行くと、伊地知とジョーがいた。事件について伊地知はこう語った。

「どこの団体も内部の点検でたいへんだよ。こういうことをやるのは外部の敵ではなく、内部の不満分子だからね。執行部に入りたかったけど入れなかったやつ、団体内の権力闘争に負けたやつ、そういうやつが腹いせにやるんだよ。これまでもそうだったから、今回もそうだろう」

伊地知の言う通り、襲撃事件はこれまでにも何度か起きている。八六年の三月には学団連(学生団体連合)の本部室に消火剤がまかれた。八四年には二文連(第二文化連盟)の本部室にペンキがまかれた。一文連(第一文化連盟)の本部もやられている。哲学会のBOX305も何度かやられている。

そして、事件が起きるたびに対策本部とか真相究明委員会ができる。が、事件の真相が明らかになることはない。この手の事件はいつもうやむやになる。うやむやになるのは犯人が内部の人間だからだ。犯人が明らかになると、その人間の所属する団体の執行部も責任を問われる。だから、執行部がうやむやにするのである。

俺はそれでいいと思っていた。襲撃事件といっても死者や怪我人が出ているわけではない。下手に犯人探しをやって死者や怪我人を出すよりも、うやむやにしたほうが利口だ。

伊地知には犯人の目星が付いているようだった。

「この春、人事で揉めたのは一文連、二文連、学生連盟の事務局、そして、マルゲリ(マルクス主義者同盟ゲリラ戦貫徹派)だ。犯人はこの中にいると思う」

伊地知は八六年度、八七年度と二年続けて哲学会の委員長を務め、学内のいろんな会議に出ていたことから学館内で顔が広く、他団体の内部事情にも通じている。

俺も少し調べてみた。今回、ペンキをまかれたBOX103はマルゲリが管理している部屋だ。それでマルゲリに近い人間に探りを入れてみたのだが、伊地知の言う通り、かなりごたごたしているようだった。一つは菅野の後継者争い。堀大支部責任者の菅野は四月に異動することが決まっているが、誰が後を継ぐかはまだ決まっていない。それで派閥抗争が激化しているという。もう一つは女性差別問題。昨年、堀大支部内で発生した女性差別事件で処分を受けたものたちに不穏な動きが見られるという。

ジョーの手記より

学館が襲撃されたと聞いたとき、俺の頭に浮かんだのは、学館に敵対している民青同盟、反共の原理研究会、そして、マルゲリと戦争状態にあるマル革派(マルクス主義者同盟革命党建設派)だ。が、伊地知は内部の不満分子の犯行だと言った。伊地知の話には説得力があった。中学校の校舎のガラスを割るのもその学校の生徒だ。外部の人間はそんなことはしない。今回の事件も内部の犯行なのかもしれない。

では、誰がやったのか。

春彦さんの顔が浮かんだ。背中に冷たいものが走った。

俺は、パトカーに自転車を投げつける春彦さんを見ている。スサノオのように暴れまわる姿を見ている。あの春彦さんならやりかねない。

春彦さんに電話をしようと思った。が、手が震えて、ダイヤルが回せなかった。

5

十二日(土)の午後、学生会館ホール棟の会議室で、全学会議が開かれた。哲学会からは新執行部を代表してジョーと霧村が出た。他の団体の出席者も新執行部の人間だった。マルゲリ堀大支部からは第二教養部自治会委員長の添野のぞみが出席した。菅野は添野を後任に選んだのだ。

菅野の後任としては、経済学部自治会の藪史郎と経営学部自治会の内山恒一が有力候補とされていた。が、この二人はとにかく仲が悪い。どっちが頭になっても堀大支部は分裂する。それで、菅野はニュートラルな立場で党内に敵のいない添野を選んだのだろう。また、女性をトップに据えることで、女性差別の問題にケリをつけようとしたのだろう。

伊地知は「いい人事だ。菅野にしては上出来だ」と言っていたが、俺には引っかかるものがあった。ジョーである。一年前の三月、ジョーは添野のぞみにホワイトデーのチョコを渡している。添野に告白したのだ。が、結果については聞いていない。

さて、この日の全学会議は、はからずも八八年度の堀大学生運動を担うニューリーダーたちの顔合わせの場となった。霧村は会議の雰囲気をこう語っている。

「やあやあ、どうもどうも、これから一年よろしくって感じでね、和やかな雰囲気だったよ。ジョーだけが硬くなっていた。まあ、無理もないけどね」

霧村もチョコのことは知っている。それで、「無理もない」と思ったのだろう。

「ジョーはドギマギしていたよ。隣に座っている俺にも心臓の鼓動が聞こえてくるようだった。添野さんもジョーが気になるようで、チラチラこっちを見ていたよ」

この日の全学会議では、まず、「全学の団結を示すため、近日中に全学集会を開く」ことが決まった。そして、集会スローガンの確認に移ったのだが、ここで添野のぞみが発言した。

「スローガンの確認も重要ですけど、その前に、集会の名称についても議論しませんか。先ほど議長は『学館襲撃弾劾集会』とおっしゃいましたけど、今回の事件を起こしたのがマル革派であることは明らかです。だから、『マル革派弾劾全学集会』にしませんか」

ここから会議は紛糾しはじめる。

「添野さんは、犯人はマル革派だと言うけど、何か証拠はあるんですか」

「こんなひどいことをやるのはマル革派に決まっています。だから、証拠は必ず見つかります」

「マル革派が怪しいとしても、今のところは推定無罪ですよね」

「これは戦争です。私たちは先制攻撃されたんです。ただちに反撃すべきです。推定無罪とか言っている場合ではないと思います」

マルゲリとマル革派は戦争状態にある。添野のぞみはマル革派の脅威を日々、リアルに感じている。だから、この事件も「マル革派の攻撃」に見えたのだろう。

しかし、他の出席者はそうではない。マルゲリとマル革派の戦争は他人事である。「戦争は勝手にやれ」「俺たちを巻き込むな」と思っている。だから、いつまでたっても議論は噛み合わない。

が、一人、添野を支持する男がいた。ジョーである。

「これは、マル革派の犯行でしょう。マル革派のことを誰よりも知っているマルゲリの添野さんがそう言うのだから、そうなんでしょう。

さっき誰かが、今回の襲撃は学館全体に対する攻撃だと言ったけど、今回、被害にあったＢＯＸ１０３はマルゲリが会議室として使っている部屋だよね。今回の事件で最も大きな被害を受けたのはマルゲリだ。仁義の問題としてもね、最大の被害者であるマルゲリの言うことを疑うというのは、いかがなものかと思うな。被害者の気持ちは酌むべきだ」

ジョーの手記より

十二日(土)、全学会議に出るために学館に行った。ほとんど寝てなかった。春彦さんのことで眠れなかったのだ。

春彦さんが犯人だった場合、哲学会はどうなるのか。俺はどうなるのか。全学会議に出ているときも、頭の中はこのことでいっぱいだった。誰も信じないかもしれないが、添野のぞみが会議に出席していたことにも、しばらく気がつかなかった。

添野のぞみに気づいたのは、彼女が「犯人はマル革派に決まっています」と言ったときだ。

そうか、そう考えればいいのか。

マル革派が犯人だという証拠はない。が、春彦さんが犯人だという証拠もない。マル革派が犯人でも誰も傷つかない。が、春彦さんが犯人だと多くの人間が傷つく。ならば、どうすべきかは明らかだ。俺は春彦さんを疑っていたけど、はじめからマル革派を疑うべきだったんだ。それが哲学会委員長としての正しい立場だったのだ。

あの日の全学会議での俺の発言は、のちに大きな問題になるが、あのときはそんな風に考えていた。

6

十三日(日)の夕方、伊地知から電話があった。

「武川、大変なことになったぞ」

全学会議でのジョーの発言が黒ヘルのOBの間で問題になっている。それで、これからOBの代表と会うという。

「面倒な相手だ。武川も来てくれ」

俺は急いで家を出た。OBとの会見場所は飯田橋の喫茶店「白ゆり」だ。電車で行くと一時間はかかる。が、今日は日曜日だ。道は空いている。俺はバイト先の中古自動車店で車を借りて、飯田橋に向かった。

伊地知の話だと、一部のＯＢは「ジョーを哲学会から追放しろ、それができないなら、哲学会はＢ会議から離脱しろ」と言っているらしい。

Ｂ会議のＢはブラックのＢ。Ｂ会議は白ヘルのマルゲリを除く、黒ヘルの全学共闘会議である。Ｂ会議からの離脱は、黒ヘルであることをやめることを意味する。

黒ヘルのＯＢがジョーの発言に腹を立てるのはわかる。これまで黒ヘルは、マルゲリとマル革の戦争に関しては中立の立場を守ってきた。それが、堀大黒ヘルの伝統だった。が、ジョーはその立場を変えた。ＯＢが騒ぎ出すのも無理はない。

こうなることはジョーもわかっていたはずだ。なのに、なぜジョーはマルゲリの側についたのか。

俺にはわからなかった。

ジョーに何があったのか。誰かに圧力をかけられたのか。添野のぞみに頼まれたのか。それとも、何か他に理由があるのか。

新青梅街道を飛ばしながら、俺はそんなことを考えた。

ジョーの手記より

十二日(土)の夜、霧村から電話があった。新執行部の連中が全学会議での俺の発言を問題視して、俺が発言を撤回しないのなら辞表を出すと騒いでいるという。

「公私混同がすぎたな。撤回しろ。おまえの気持ちはのぞみちゃんに伝わった。だから、もういいだろう。これ以上、政治を私物化してはいかん」

頭が痛くなった。俺は春彦さんを守るため、ひいては哲学会を守るために発言したのに、みんなは「添野のぞみのため」だと思っている。

はっきりと言っておくが、彼女と俺の関係はとっくに終わっていた。いや、何も始まらなかった。一年前のホワイトデー、俺は彼女に告白した。が、「ジョー君の気持ちはうれしいけど、私は恋愛をするために堀大に来たんじゃないんです。私は革命にすべてをかけているんです。私の恋人は革命です。ジョー君にも革命を目指してほしい。私たち、切磋琢磨する関係でいましょう」と言われてそれっきり。その日を最後に彼女とは話もしていなかった。

にもかかわらず、みんなは「添野のぞみのため」だと思い込んでいる。思い込みというのは恐ろしい。

だが、ちょっと待て。俺も春彦さんが犯人だと思い込んでいるではないか。

あの日、春彦さんは学館で飲んでいた。が、だからといって、春彦さんが犯人だと決まったわけではない。春彦さんが犯人だという証拠はない。添野のぞみが言うようにマル革派の犯行かもしれない。民青や原理がやったのかもしれない。伊地知が言うように、どこかの団体の不満分子がやったのかもしれない。

春彦さんは怪しい。が、怪しいのは春彦さんだけではない。

春彦さんに会おう。あの日、何があったのか、春彦さんに確認しよう。

俺は急いで服を来て駅に向かった。春彦さんのアパートは本郷三丁目、T大の赤門のすぐ近くだ。

7

飯田橋の喫茶店「白ゆり」に着いた。伊地知は奥の方の六人がけの席にいた。伊地知の向かいには三人の男が座っていた。学団連OBのT、二文連OBのH、そして、学生連盟事務局OBのYだ。

俺が席に着くと、Tは俺の顔をちらっと見てこう言った。

「武川君が来たんで、もう一度言うが、我々はジョー君をマルゲリの秘密党員ではないかと見ている。全学会議でのジョー君の発言はマルゲリそのものだ。ああいう発言をしたジョー君を黒ヘルの仲間と思うことはできない。ジョー君はマルゲリの秘密党員だ。ジョー君が哲学会に留まるのなら、哲学会とも縁を切る」


秘密党員とは、党員であることを隠して、労働組合や大衆団体で活動している活動家のことである。戦前の共産党にも秘密党員がたくさんいたが、マルゲリもそれにならい、多くの秘密党員を抱えている。

党員であることを隠して活動する理由は大きく二つある。一つは、権力や反革命から身を守るためだ。マルゲリの党員だとわかると権力の弾圧は厳しくなる。反革命から命を狙われることもある。それで、「マルゲリとはなんの関係もありません」という顔をするのである。

もう一つは大衆運動を作るためだ。ゲリラ路線をとり、ロケット弾を飛ばしたり、駅舎を焼き討ちしたりしているマルゲリは大衆からも警戒されている。だから、なかなか大衆運動が作れない。それで、すでにできている運動体に秘密党員を送り込み、その団体を内側からマルゲリの色に染めようとする。

マルゲリはこれを「革命的加入戦術」と呼んでいるようだが、彼らのやっていることはスパイ行為であり、団体の乗っ取りに他ならない。

堀大の黒ヘル団体は、マルゲリから見ると入りやすいのだろう。秘密党員の侵入があとをたたなかった。

もちろん、黒ヘルの側も黙って侵入を許していたわけではない。いろいろ対策を講じていた。「GKに入るにはGKのメンバー二人の推薦が必要」という推薦制度もその一つである。こうしてハードルを高くすることで秘密党員の侵入を防いでいたのだ。

が、マルゲリはあの手この手を使って入り込んできた。

とはいえ、マルゲリが乗っ取りに成功することはめったになかった。誰かがおかしいと気づくからだ。が、仲間だと思っていた人間がマルゲリの秘密党員であることがわかったときのショックは大きい。そういうことのあった団体では、すべての人間関係が崩壊し、誰も何もできなくなる。そのまま立ち直ることができず、潰れた団体も数知れない。

ジョーの手記より

本郷三丁目の春彦さんのアパートに着いたのは、23時頃だったと思う。春彦さんの部屋は二階にある。

部屋の前まで来て、おやっと思った。ドアが大きく開いていて、閉まらないように丸い傘立てがはさんである。通路に面した窓も全開になっている。ところが、部屋は真っ暗で、明かりはついていない。

「春彦さん、いますか？」

俺は恐る恐る傘立てをどかして玄関に入った。そして、手探りで電気のスイッチを入れた。部屋はきれいに片付いていた。靴を脱いで部屋の中に入ると風がピューと吹いて来た。ベランダ側の窓も開いているのだ。

部屋の奥で何かが動いた。よく見ると、布団をかぶった春彦さんだった。

「春彦さん、何をやっているんですか」

「換気をしているんだ。ガス自殺をする夢を見たんで換気をしている」

「ガス自殺って……」

「何が夢で、何が現実なのか、わからなくなるときがあるんだ。だから、念のため、換気をしている。現実だったら大変だからな」

「春彦さん……」

「アルコールで脳がいかれてるんだろう」

「春彦さん、酒はもうやめたほうがいいですよ」

「ジョー、一つ聞いていいか。学館の公衆電話を壊した夢を見たんだ。一階のエレベータの前にあるピンク色の電話だ。ダイヤル式の古いタイプの電話だ」

8

喫茶「白ゆり」でのOB代表との会見は小一時間で終わった。

「明日、三人で話し合おう」

伊地知はそう言って駅に向かった。三人とは、伊地知、俺、そしてジョーだ。

いやな話し合いになるだろう。伊地知はどうジョーを問い詰めるのか。ジョーはなんと答えるのか。

ジョーがマルゲリの秘密党員だなんて一度も考えたことがなかった。どうしてもそうは思えない。が、秘密党員に入り込まれた団体の人間は、みな一様に、「まさかあいつがマルゲリだなんて夢にも思わなかった」と言う。秘密党員とはそういうものなのだろう。

ジョーが秘密党員だった場合、どうすればいいのか。ジョーはＧＫの幹部だ。ただではすまない。

このときまで俺はこの襲撃事件を対岸の火事だと思っていた。犯人は他団体の人間で、ＧＫには関係ないと思っていた。

が、この事件は対岸の火事ではない。火は俺の足元まで迫っていた。

ジョーの手記より

春彦さんは事件を起こした夜からずっと部屋にこもっていたようだ。俺は、春彦さんに学内の状況を伝えた。『外堀大学新聞』の号外が出たこと、全学会議が開かれたこと。

「マルゲリは、マル革派の犯行だと思っていますよ」

「それはまずい。冤罪だ」

「実は、僕もマル革派犯人説に一票入れたんです。だから、今さらうちの赤城春彦がやりましたとは言いにくい」

「そうか。すまん。でも、人のせいにするわけにはいかないだろう。俺は学館が好きだ。学館を冤罪がまかり通るところにはしたくない。不正がまかり通るところにはしたくない」

「それは僕も同じです」

「俺が名乗りをあげればいいことだ。簡単なことだ。早い方がいいな。明日、学館にいくよ」

「そうですか。でも、春彦さんが自首しても、マルゲリが一度出したマル革派犯人説を引っ込め

ると は思えない。もしかしたら、赤城春彦はマル革派の秘密党員だと言ってくるかもしれない」

「お、俺がマル革派の秘密党員だって?」

「マルゲリにもメンツがありますからね。今さら、違いました、マル革ではありませんでした、とは言えないでしょう」

「マル革派の秘密党員か。これは傑作だ。アル中の妄想よりも面白い。ハハハ」

春彦さんは笑った。春彦さんがこんなに楽しそうに笑うのを見たのは初めてだった。

「どうしたんですか?」

「すまん。ちょっと昔のことを思い出したんだ」

「昔のこと?」

「気にしないでくれ。とにかく、ジョー、明日、学生連盟に出頭するよ。哲学会には迷惑をかけないようにする」

「そうですか」

「ジョーには世話になった。感謝している。カント研は楽しかったよ」

俺も覚悟を決めた。明日、辞表を出そう。春彦さんと俺が学館を出ることで、この問題は終わりにしよう。

9

十四日(月)の午後、大学に行く準備をしていると伊地知から電話があった。

「武川、急展開だ。襲撃事件の犯人がわかったぞ」

「誰だ?」

「犯人はマルゲリの藪と内山だ。今、マルゲリの菅野がそう言いに来た。突然、305に来たんで、なんだろうと思ったら、藪と内山の仕業だった、面目ない、公衆電話は二人に弁償させる。本当に申し訳ない、と頭を下げていったよ」

「藪と内山は、自分がやったと認めているのか?」

「ペンキの件は認めているが、電話の件はしらばっくれているらしい。弁償するのがいやなんだろう」

「なるほど」

「あの二人、添野のぞみに頭を越されたのが、よっぽど悔しかったんだろうよ。それで、犬猿の仲の二人が手を組んだ。菅野はそう言っていたよ」

「あの秘密主義の菅野がそこまで話したのか?」

「添野が全学会議で孤立したとき、ジョーが援護したからだよ。それで、哲学会にはきちんと仁義を切らなければと思ったようだ。こっちも、この話は口外しないと約束した。それでいいだろう」

「いいよ。異存はない。で、ジョーはどうした？」

「さっきまでここにいたんだけど、帰ったよ。この間、いろいろあって疲れたんだろう」

ジョーの手記より

土曜日の夜、春彦さんのアパートで話をしたとき、ペンキの件は覚えてないと春彦さんは言っていた。「記憶が飛んでいるんだろう。前にもそんなことがあった」と。

しかし、そうではなかったのだ。

菅野から話を聞いて、俺はすぐに春彦さんに電話をした。

「春彦さん？」

「ジョーか。大丈夫だよ。逃げたりしないよ。約束通り、5時に学生連盟に行く」

「いや、ダメです。来ないでください」

「え？」

俺たちは本郷三丁目の喫茶店で会った。

「この件は、これで終わりにするってマルゲリと約束したんです。だから、自首されると困るんですよ」

「えー」

「自首したい気持ちはわかりますけど、堪えてください」

「でも、藪と内山が気の毒じゃないか。電話の件は冤罪なんだから」

「気の毒なのは添野のぞみですよ。大恥かかされたんだから。とにかく、この事件は終わり。忘れてください。誰かに言いたくなっても我慢してください。墓場まで持っていってください」


ジョーの手記はここで終わっていた。

俺はジョーに電話をかけた。

「よ、ジョー、手記、読んだよ」

「おお、武川、訃報以外でおまえが電話をかけてくるなんて珍しいな」

俺がジョーに電話をかけたのは、どうしてもわからないことがあったからだ。ジョーが春彦さんの推薦を躊躇した理由だ。

「ああ、そこか。春彦さんは酒癖が悪いから断られたと思っていたけど、そうじゃないんだ。あの頃のGKには酒癖の悪いのがたくさんいた。だから、いちいちそんなことは問題にしない」

「じゃあ、なんで断ったんだ?」

「俺、春彦さんをマルゲリの秘密党員じゃないかと疑っていたんだよ」

第六話　狼体験

狼の吠ゆれば燃ゆる没日かな
大道寺将司

1

外堀大学時代の同志にGと呼ばれる男がいる。Gと俺は同じ歳で、同じGK（学術行動委員会）の釜の飯を食った仲間である。

Gは群馬県の農家の生まれ。地元の県立高校を出て、「都会の暮らしに憧れて東京の大学に来た」という男で、新宿や六本木に関しては東京生まれの俺よりも詳しく、裏路地のバーの名前も知っていた。

「なんでそんなことまで知っているんだ？」と聞くと、「雑誌の特集でやっていたんだよ」と答えた。地下鉄やバスの路線にも詳しく、どこに行くにも、何通りもの行き方が瞬時に頭に浮かぶようだった。

「都市ゲリラ戦では、こういう知識がものをいうんだ」

Gはそう言っていた。が、大学を卒業すると東京を離れ、神奈川県相模原市に本社のある農機具の会社に就職した。

「どうして相模原の会社に？」と聞くと、「田舎暮らしも退屈だが、都会の暮らしもストレスがたまる。相模原あたりがちょうどいいかと思ったんだ」と答えた。

Gは発想が豊かで企画力に定評があった。会社の上層部はそんなGを高く評価し、彼が四十歳になった時、会社の顔である横浜のショールームの店長に抜擢した。

が、この人事は裏目に出たようで、Gは間もなくうつ病にかかり、何年か休職したのち、退職する。それからは職を転々としていたが、五十歳の時、森林事務所駐在官の職を得て、相模原市の西の果て、山梨県との県境に近い山の中に移った。

それからは調子がいいようで、何年か前にもらった年賀状には「白髪も体重も酒の量も減って、すっかり健康になった」と書いてあった。Gには都市ゲリラより山岳ゲリラの方が向いているのだろう。


そんなGから久しぶりにメールが届いた。

「先日、横浜まで出かけて、狼の映画をみた。その感想文を添付するから、暇な時にでも読んでくれ。実は今、道路の拡張に反対する住民運動をやっている。この感想文はその団体のメーリングリスト用に書いたものだ。すごく反響があって、私もみましたという人が続々と出てきて、相模原の山の中ではちょっとした狼ブームが起きている」

Gのいう「狼の映画」とは、動物の狼の映画ではなく、東アジア反日武装戦線の軌跡を描いたドキュメント映画『狼をさがして』のことである。監督は韓国人女性のキム・ミレ。

この映画は俺もみている。学生時代の同志は、みんな、みているはずだ。

Gの送ってきた感想文はA4で6ページに及ぶ長大なものだった。山で暮らす彼には長いものを書く時間があるのだろう。

この感想文には映画の感想だけでなく、Gの「狼体験」が書いてあった。狼体験とは、東アジア反日武装戦線にまつわる思い出話のことだ。東アジア反日武装戦線にまつわる話は「強烈な体験談」として語られることが多い。また、人生を変えた出来事であることも少なくない。狼体験という言葉には、そんなニュアンスも含まれている。

東アジア反日武装戦線が爆弾闘争を展開していたのは一九七四年から七五年。その頃、Gは小学生で、「事件のことは全然覚えてない」「テレビニュースでみたかもしれないが、群馬の山の中に住んでいたので都会は別世界。現実の話とは思わなかったのかもしれない」と書いてある。

そんなGが東アジア反日武装戦線のことをはっきりと知るのは、群馬の高校に通っていた「17歳の夏」だった。

「その夏、私は連日、猿と戦っていました。猟友会の人たちと一緒に、畑を荒らす猿を相手に戦争をしていました。害獣駆除です。

私は志願兵でした。猿に畑を荒らされて途方に暮れるおじいさん、おばあさんを見て、放っておけなくなったのです。

だけど、猿と戦っているうちに、この戦いが本当に正義の戦いなのか、わからなくなっていきました。

猿が里に下りてきたのは、新幹線だとか高速道路だとかの工事で山を追われたからです。悪いのは彼らのをすみかを奪った人間です。彼らの生活を破壊した開発です。高校生の私にも、そのくらいのことはわかりました。

一匹一匹の猿は可愛い動物です。が、集団で畑を荒らしにくる猿は害獣です。だから、私たちは戦いました。しかし、そもそも害獣って何ですか。猿から見れば人間こそ害獣ではないですか。私はこう思いました。猿は本当の敵ではない。本当の敵は他にいる。人生に戦いが避けられないのならば、本当の敵と戦いたいと。

だけど、猟友会の人たちにこんな話はできません。こんなことを言ったら、おまえは猿の回し者かーと怒られます。それで、私は誰にも思いを語れず、悶々とした日々を送っていました。

そんなある日、東京の大学に行っていた四つ年上の従兄弟が遊びに来ました。夏休みで群馬に帰省していたのです。彼は大学で環境問題の勉強をしていました。彼ならわかってくれると思い、私は猿との戦いの空しさを訴えました。

すると、彼は一冊の本をくれました。『腹腹時計と〈狼〉』という本です。著者は鈴木邦男です。

本のタイトルを見て、これは面白そうだと思いました。マヌケな狼が時計を飲み込んで、というような話を思い浮かべたのです。

ところが、中身は全然違いました。「腹腹時計」は爆弾の製造法やゲリラ戦士の心得を記した冊子の名前で、「狼」はこの冊子を発行した爆弾グループ、東アジア反日武装戦線・狼部隊のことでした。

この本は、新右翼の活動家である鈴木邦男が、東アジア反日武装戦線が起こした事件とその背景、メンバーの思想と人物像、そして、報道の中に透けて見える警察やマスコミの思惑などをまとめたものでした。

私はこの本を読んで初めて東アジア反日武装戦線のことを知りました。

そして、こう言うのは勇気が必要ですが、正直に言いますと、この本を読んで、東アジア反日武装戦線に共感を覚えました。

といっても誤解しないでください。決して、「やっぱり爆弾だ！」と思ったわけではありません。

私が彼らに共感を覚えたのは、彼らの名前の由来を知ったときです。

東アジア反日武装戦線には「狼」「大地の牙」「さそり」の三つの部隊があります。およそ、政治団体とは思えない名前です。むしろ、暴走族や不良グループの名前に近い。変な名前だなと思いました。でも、これらの名前の由来を知り、考えを改めました。『腹腹時計と〈狼〉』には、それぞれの名前の由来についてこう書いてありました。

狼「ニホンオオカミは日本の資本主義の発展によって追いつめられ絶滅させられた貴重な動物。そのさまは資本家に苦しめられている現在の被抑圧民衆と同じだ。そこで自分たちがニホンオオカミの化身となり、そのうらみを晴らし、民衆を救うために戦う」

大地の牙「人間の生活はすべて大地に根ざしている。こうした生活では国家も資本家もないのが理想の世界だ。大地が国家や資本家によって大衆から奪われそうなとき、牙をむいて反撃する。われわれはその牙となって戦う」

サソリ「サソリは小さな体で大きな敵を倒す猛毒を持っている。自分らの小さな組織も巨大な建設資本を倒すことができる毒を持っていることを示そうとした」

この「ニホンオオカミの化身」「牙となって戦う」「小さな体で大きな敵を倒す」というところに私は震えるほどの感動を覚えました。山の中で暮らしていたからか、狼や大地をたとえに語られる彼らの主張が「大自然の声」そのものに聞こえたのです。そして、彼らの主張を知ったことで、私が戦うべき本当の敵の姿も見えたような気がしました。」

2

Ｇからのメールにはこう書いてあった。

「コロナ騒ぎが落ち着いたら、みんなで集まって狼体験を語る会を開こうという話になっている。いい酒を用意しておくから、その時は、ぜひ、参加して、武川の狼体験を聞かせてくれ」

Ｇは俺にも狼体験を語れという。

東アジア反日武装戦線が爆弾闘争をやっていた時、俺はＧと同じで小学生だった。だから、事件の記憶はまったくない。

三菱重工ビル爆破事件が起きたのは一九七四年八月三十日。その翌月には、日本赤軍がオランダのハーグにあるフランス大使館を占拠するハーグ事件が起きているが、これもまったく記憶にない。小学生にとっては爆弾も革命も遠い世界のことなのだ。

ところが、中学生になると、急に爆弾が身近なものになる。

ある日、俺の通っていた中学校に「爆弾を仕掛けた」という電話が入った。非常ベルが鳴り響き、授業は中断。何が起きたのかと思い、廊下に出ると、顔を引きつらせた教師たちが走り回っていた。しばらくすると「全校避難です。ただちに避難してください」という放送が流れた。俺たちは、火事かな、ガス漏れかな、などと言いながら教室を出た。校庭でぼーとしていると、何人かの教師が血相を変えて飛んで来た。「爆弾だ」「逃げろ」と叫んだ。

そこから先はパニックである。正門の前には人があふれ、押し合いへし合いが始まった。俺はそれを見て裏門に走り、そこから外に出た。とにかく遠くまで逃げようと全速力で走った。畑を越えて雑木林を越えて団地の中に入った。ここまで来れば大丈夫だろうと思い、団地の階段を四階まで駆け上って学校の方を見た。学校の周りは赤色灯を回したパトカーや消防車でいっぱいだった。

結局、何も起きなかった。が、その日の授業と部活はなくなった。

翌日、朝礼が開かれた。全校生徒の前で校長はこう言った。

「絶対に犯人は捕まる。警察は必ず犯人を捕まえる」

その夜、ＰＴＡの役員をやっている友達のお父さんから「校長はカンカンに怒っていた」「警察の捜査に影響するので電話の内容は公開されなかった」「数日前、学校に不審物が届いていた」などと聞いた。

数日後、「卒業生の家を刑事が回っている」という噂が流れた。また、「一年前に退職した元教師が取り調べを受けた」という噂もあった。

が、結局、誰も逮捕されなかった。

この事件の評価を巡ってクラスは二つに割れた。「許せない。犯人は早く捕まれ」というグループと、「電話一本で学校を休みにして、警察にも捕まらない犯人はすごい」というグループに分かれたのだ。「二つに割れた」といっても、前者の方が圧倒的に多く、後者は少数派だった。教師たちは後者のグループの動向に目を光らせた。この中に犯人がいると思ったようだ。俺は後者だった。こんな学校は爆破されて当然だと思っていたし、いつも威張り散らしている教師たちの慌てふためく姿をもう一度見たいとも思っていた。

いつからかこの事件は「狼事件」と呼ばれるようになった。俺ははじめ、この名前を聞いたとき、「狼少年」のことだと思った。「爆弾を仕掛けた」という電話をかけた人間を、「狼が来るぞー」と言って村人を騙した狼少年になぞらえたと思ったのだ。

が、そうではなかった。電話の主が「オオカミ」を名乗ったのだ。

3

立川市の五日市街道沿いに、「テリーさん」と呼ばれる三十代半ばの男の住む屋敷があった。「照幸」だったか「輝昭」だったか、本名は忘れたが、テリーはこのあたりの大地主の息子で大金持ちだった。また、テリーは車雑誌やバイク雑誌によく登場する有名な「カーキチ」「オトキチ」で、屋敷の広大な庭にある大きな車庫には、クラシックカーやフェラーリなどのスーパーカー、ハーレーダビッドソンなどの大型バイクが何台も収まっていた。

俺が高校生だった頃、テリーの屋敷はバイク好きの高校生や大学生の溜まり場になっていた。俺もバイク仲間と一緒に何度も訪ねた。高校生や大学生がテリーの元に集まったのは、テリーからバイク改造の技術を学ぶためだ。テリーはバイク改造の名人で、テリーの手がけたバイクは、よくバイク雑誌のグラビアを飾っていた。

俺たちはそんなテリーを尊敬し、慕っていたが、近所の人たちのテリーを見る目は冷たかった。テリーに前科があったからだ。

テリーは地元の高校を卒業すると町田市の大学に進んだのだが、ちょうど学生運動華やかなりし頃で、テリーも感化され、学生運動に関わるようになった。

問題は、その関わり方だ。

子供の頃から機械いじりや工作が好きだったテリーは、その特技を生かして改造拳銃や時限爆弾を作り、活動家の学生たちに配ったのだ。

そして、ある日、テリーの作った爆弾を持った学生が逮捕され、製造者としてテリーも逮捕された。

テリーは法廷で「国家が戦車や戦闘機を持っているのに、俺たちが爆弾を持って何が悪い」などと主張し、戦う姿勢を見せた。ところが、一緒に逮捕された学生はひたすら謝罪。仲間の学生たちも謝罪した学生の側につき、「徹底的に戦おう」というテリーは「就職の心配のない金持ちが勝手なことを言うな」「金持ちのお遊びに真面目な学生を巻き込むな」と批判され、孤立した。

結局、初犯ということで執行猶予がつき、テリーは刑務所行きを免れたが、運動の世界からは追放され、地元では村八分のような扱いを受けるようになった。俺たちが遊びに行くと、テリーはいつも歓迎してくれたが、よほど寂しかったのだろう。

バイクの話に戻る。

テリーの改造バイクは見た目も美しかったが、一番の魅力は音だった。テリーが手を加えたマフラーから出る排気音は独特で、迫力があり、それでいて切なさもあり、オペラ歌手の歌声のように胸に響いた。

ある日、俺はテリーに「どうすれば、こんなにいい音が出るんですか」と訊いた。すると、テリーはいつになく真剣な顔をしてこう言った。

「君は、どういう音を出したいの？」

「えーと、濁りのない、澄んだ音かな」

「そういう考え方もあるよね。でも、それは本質的なことではないと思う」

「えっ、じゃあ、本質的なことって何ですか？」

「本質的なことっていうのは、誰に何を伝えたいかってことだよ。僕はね、狼の遠吠えのような音が出したいんだ。監獄の中にいる狼の連中に届くような、そんな音が出したい。

狼っていうのはね、何人も死者の出る爆弾事件を起こして捕まった連中だ。僕の作った爆弾は爆発しなかったけど、僕も狼もやったことは同じだ。だから、狼は僕の代わりに監獄に入っているようなものなんだ。

だから、僕は彼らに伝えたいんだよ。君たちは孤立なんてしていない。君たちには大勢の仲間がいる。彼らにそう伝えたいんだ」

今、テリーの屋敷があったところには大きなスーパーが建っている。テリーは土地を売って、どこかに引っ越してしまったのだ。

何年か前、昔のバイク仲間と会った時、テリーのことが話題になったが、彼の消息を知るものはいなかった。

消息不明といえばテリーの作った銃と爆弾もそうである。テリーは二十丁の改造拳銃と二十個の時限爆弾を作ったが、警察が押収したのは爆弾一個と拳銃一丁だけ。残りの銃と爆弾は行方知れずである。

4

外堀大学の黒ヘルには東アジア反日武装戦線にシンパシーを寄せるものが多かった。ＧＫのメンバーでは、法学部政治学科の村田正和が支援連（東アジア反日武装戦線への死刑・重刑攻撃とたたかう支援連絡会議）の運動に関わっていた。

村田は二つ上の先輩。偏屈な人間の多い活動家の世界では珍しく、普通に挨拶のできる常識の持ち主で、俺にとっては学館で唯一信用できる先輩だった。あの頃の学館はギスギスしていて、いつ内ゲバが起きてもおかしくない緊迫した空気が流れていたのだが、そんな学館で村田の姿を見かけるとホッとしたものである。

村田に誘われて、俺も何度か支援連主催の集会に参加した。

学生時代はいろいろな集会に参加したが、反日系の集会の雰囲気は独特だった。いつもの左翼系の集会とは参加者が全然違った。集会は屋内の大会議室やホールで行われることが多かったが、会場の外縁部には黒い服を着た者たちが立ち並んでいた。会場には椅子が並んでいるのだが、なぜか彼らは座ろうとしない。椅子に座っているのは白い服を着た人たちだった。白と黒が混じり合うことはなかった。

村田の解説はこうだった。

「黒い服の人たちは、東アジア反日武装戦線の反日思想や彼らの爆弾闘争を支持するアナキストだよ。白い服の人たちは、死刑反対運動の流れからきたキリスト者だ」

そして、この思想性の異なる両者を繋いでいるのが、大道寺母をはじめとする家族たちだという。

映画『狼をさがして』にも荒井母が登場するが、その姿を見て俺はあの頃のことを思い出した。

村田とは東アジア反日武装戦線にまつわる場所を訪ね歩いたこともある。千代田区丸の内の三菱重工ビルや、彼らが爆弾を仕掛けようとした荒川の鉄橋などだ。今でいうダークツーリズムである。

このツアーにはGも参加した。

一番印象に残っているのは、狼の大道寺夫妻が逮捕された時に住んでいた荒川区のアパートである。

そのアパートは「窓を開けると隣の家の壁」というほどに住宅が密集した地域にあり、すぐ近くに小学校があった。

Gはこう言った。

「群馬にいた頃は、『あなたの隣に爆弾魔』っていう警察のポスターを見るたびにワクワクしたんだよ。そんな人が近所にいたら面白いだろうなってね。でも、今日、認識が変わった。こういう住宅密集地で、隣は爆弾魔かもしれないと思ったら、怖くて眠れないだろう。何か事故が起きたら、こっちも吹っ飛んじゃうんだから」

Gの群馬の実家は山の中に建っていて、隣の家とは20メートル以上離れている。だから、隣の家で爆弾が爆発しても自分の家が一緒に吹っ飛ぶことはない。が、東京の下町は違う。隣の住民もただではすまない。実際、一九七五年には横須賀のアパートでそういう事故が起きている。

「彼らは毎日、出勤していたんだよね。仕事を終えて、爆弾のある部屋に帰るときの気分ってどんな感じだったんだろう。帰りたくなかったろうな。でも、爆弾を放っておくわけにもいかない。近所が火事になって引火でもしたら大変だから。爆弾はどこに隠していたんだろう。耐熱性の金庫とか、そういうのを使ったのか。それとも風呂場に置いておいたのか。でも、風呂場だと火薬が湿気ちゃうな。そういえば、彼らは青酸カリも持ち歩いていたんだよな。寝るときは枕元に置いていたのかな。いや、それだと寝ぼけて飲んじゃう恐れがある。青酸カリの瓶はどこにしまったんだろう。箪笥か、冷蔵庫か」

荒川区のアパートからの帰り道、Gはそんなことをひっきりなしにしゃべり続けた。こんなGを見たのは初めてだった。気持ちの高ぶりが抑えられないようだった。

Gの話がひとしきり終わると、村田はこう言った。

「彼らにG君のような想像力があれば、こうはならなかったのかもな」

「えっ、テロは想像力の欠如から生まれると、村田さんは言うんですか」

「うん、G君の話を聞いていると、そんな風に思える。彼らはG君とは真逆のタイプの人たちだったんじゃないかって」

二人の会話を聞いて、村田と知り合って間もない頃のことを思い出した。

ある日、俺は村田にこう聞いた。

「どうして、学館一の常識人といわれる村田さんが、よりによって、爆弾魔、テロリストと呼ばれる東アジア反日武装戦線の支援をしているんですか」

村田の答えはこうだった。

「彼らの事件を知った時、俺もやっちゃうかもしれないと直感的に思ったんだよ。武川君は俺のことを常識人というけど、彼らも同じタイプの人間なんじゃないかと思ったんだ。それで、彼らのことが気になって、いろいろ調べているうちに支援連にたどり着き、気がついたら運動を手伝うようになっていた」

「同じタイプって、どういうタイプ？」

「そうだな。プラモデルを設計図通りに作って、それで満足しちゃうタイプっていうのかな。俺、子供の頃、プラモデルが好きで、よく作っていたんだけど、ある時、友達にこう言われたんだ。おまえはいつも設計図通りに作るけど、それで面白いのかって。その友達の作ったものを見ると、俺の作ったものとは全然違うんだ。色も好きなように塗っていて、オリジナル作品になっている。俺は設計図を見ると、こうやらなきゃならないとすぐに思い込んでしまう。他のやり方なんて、全然思いつかない」


一九八七年三月、村田は堀大を卒業した。同時に支援連の運動からも離れた。

「狼煙効果だよ。あの本のおかげで支援者がどっと増えた。それで、ここから先は新しい人たちにやってもらおうと思ったんだ」

この年の一月、東アジア反日武装戦線の戦いと挫折を描いたノンフィクション作品、『狼煙を見よ』が出版された。著者は、歌人としても知られる松下竜一である。村田のいう「狼煙効果」とは、松下竜一の『狼煙を見よ』が大ヒットしたことによる効果という意味である。

この本は俺も読んでいた。当時の情景がまざまざと目に浮かんだ。狼のメンバーたちの会話が聞こえてくるようだった。

村田はこう言った。

「松下さんのおかげで狼は息を吹き返したよ。作家の想像力はすごい」

5

朝、Gから電話があった。

「急遽、新宿に行くことになった。夕方には体が空く。新宿で飯でも食わないか」

張りのある元気な声だった。「すっかり健康になった」というのは本当のようだった。

夕方、俺は新宿に向かった。都心に出るのは久しぶりだった。前に来たときよりも人出は回復しているようだった。

新宿駅の地下、東口改札を出て、「ビア&カフェ　ベルク」の前を通り過ぎ、地下通路に入った。中村屋、紀伊國屋、ビックロを通り過ぎ、新宿通りと明治通りが交差する新宿三丁目交差点の出口から地上に出た。

Gが待ち合わせ場所に指定した模索舎は、ここから歩いて5分ほどのところにある。

模索舎のHPには「模索舎は、ミニコミ(自主流通出版)・少流通出版物の取り扱い書店です」と書いてあるが、我々の世界では、セクトの機関紙・誌やその方面の書籍、雑誌の専門店として知られている。一九八〇年代から九〇年代にかけては堀大の人間がこの店でバイトをしていたので、俺もよく買い物に来た。

年季の入ったドアを開けて店の中に入るとGの声が聞こえた。棚の向こうにいて姿は見えないが、店員と話をしているようだった。

「えー、売り切れなんだ」

「そうなんですよ。追加で入荷したけど、それもすぐ売り切れました」

「例の映画の効果ですかね?」

「ですね。あの映画のおかげで、狼は息を吹き返しましたよ」

二人は映画『狼をさがして』の話をしていた。

「よ、久しぶり」

「おー、武川、来たか」

Gの手には大道寺将司の句集があった。

「あー、これ、アマゾンで買おうと思ったんだけど、やっぱりこの手の本はここで買わないとね。そうそう、支援連ニュースもほしかったんだけど売り切れだって。みんな、あの映画をみて、読みたくなったんだろう」

支援連ニュースとは、かつて村田が関わっていた「東アジア反日武装戦線への死刑・重刑攻撃とたたかう支援連絡会議」の広報誌である。

Gは「相模原の山の中で狼ブームが起きている」と言っていたが、狼ブームが起きているのは相模原だけではないようだ。

俺たちは買い物を済ませると、新宿通りを渡って中華料理店に入った。

Gはカバンからチラシを出した。

「狼体験を語る会のやつだ。七月十七日の土曜日、時間は夜の八時から。場所は公民館。飲み放題、食い放題で朝までやる」

「すごいね」

「十一時から十二時の間が一番盛り上がる」

「何かあるの？」

「狼の遠吠えショーがある」

「なに？」

Gはこう言った。

毎週、土曜日の夜になると山梨県の暴走族が峠を走りにくる。彼らは山の向こうにいるので姿は見えない。だけど、彼らのバイクの爆音は相模原まで聞こえてくる。ワオーン、ワオーンという音だけが風に乗って、木霊になって聞こえてくる。

俺にはそれが、狼の遠吠えに聞こえる。

第七話　失踪者

一九八五年以降、年間の行方不明者数は七万人台から十万人台の間で推移している。最多は二〇〇二年の十万二八八〇人、最少は二〇二〇年の七万七〇二二人。男女別では男性の割合が高く、年齢層別では二十歳台が最も多い。

（警察庁統計資料より）

1

警視庁久松署の伊藤刑事は電話の向こうでこう言った。

「じっしこうえんです。えーとですね、数字の十に思想の思、思うという字です。これで、じっしと読みます」

伊藤刑事は「どういう字を書くんですか」という質問に慣れているのだろう。俺はスマホをハンズフリーにしてメモを取った。

十思公園。この名前には覚えがある。

「そうでしょう。ここは江戸時代、伝馬町牢屋敷があったところで、吉田松陰の終焉の地として有名です。テレビでもよく紹介されます」

そうだ。思い出した。吉田松陰ゆかりの地だ。船戸健一もそう言っていた。

「武川《たけかわ》さん、明日はお車ですか、電車ですか」

「電車で行きます」

「電車なら地下鉄日比谷線の小伝馬町駅です。この辺りは駅がたくさんありますが、十思公園は小伝馬町駅の真上です。駅からエレベータで上がれます」

「駅とつながっているんですか」

「そうです。久松署は十思公園から徒歩で十分程度のところにあります。一応、署の住所を言っておきますと、東京都中央区日本橋久松町……」

「あー、大丈夫です。こっちで調べますから」

「そうですか。では、明日はよろしくお願いします」

「はい、こちらこそ」

俺はパソコンを立ち上げて、グーグルマップを開いた。

十思公園はすぐに見つかった。なるほど、小伝馬町駅の通路は公園の下まで伸びている。吉田松陰の首が落ちた場所に地下からエレベータで行けるようになるとは、松蔭先生も、さぞ驚いていることだろう。

伊藤は「駅がたくさんある」と言っていたが、小伝馬町駅の他に、都営浅草線の東日本橋駅、都営新宿線の馬喰横山駅、ＪＲ総武本線の馬喰町駅、新日本橋駅などがあった。総武線の秋葉原駅、浅草橋駅も近い。

船戸が吉田松陰ゆかりの十思公園に行ったのは一九八五年十一月二十九日の早朝。マルゲリ（マルクス主義者同盟ゲリラ戦貫徹派）全学連の決死隊約百人が、「国鉄分割民営化反対」を掲げ、浅草橋駅舎を焼き討ちした日である。船戸はその襲撃メンバーの一人だったのだ。

「秋葉原から十思公園に行ったのですが、私は田舎の人間ですので、東京の地理なんてわかりません。それで、橋を渡る時、班長の坂本さんに聞いたんです。この橋はなんていう橋で、この川はなんていう川ですかと。副長の岡田君が、この橋は万世橋で、この川は神田川です、と教えてくれました。ああ、これが有名な万世橋で、これが有名な神田川かと思いました。が、坂本さんはこう言いました。違うよ。この川はルビコン川だ」

万世橋から十思公園に行くルートをグーグルマップで調べてみた。１１００メートル、徒歩15分と出た。

船戸たちは十思公園で他の班と合流し、マルゲリの白いヘルメット、鉄パイプ、火炎瓶を受け取り、武装を整えた。

「公園には三十人位いたと思います。隠密行動ですので、みんな無言です。だけど、公園は熱気に溢れていました。みんな息が荒く、目が光っていました」

十思公園には吉田松蔭の碑が建っている。白ヘル部隊は、革命家の大先輩である吉田松蔭の碑に一礼して公園を出た。ここから浅草橋駅は１１００メートル、徒歩14分の距離である。

「駅についたら駅施設を破壊し、炎上させ、駅機能を麻痺させる。駅員の妨害があっても鉄パイプなどで威嚇するに留め、人的被害は極力出さないようにする。そういう作戦でした」

船戸はこの日の作戦を「V作戦」と言っていたが、地図を見てその意味がわかった。万世橋、十思公園、浅草橋駅をつなぐとVの字になる。

船戸が浅草橋駅に着いた時には、すでに襲撃は始まっていた。他の公園から出撃した部隊が、船戸たちを待たずに始めていたのだ。

「部隊の指揮者に、かかれーと言われ、私は鉄パイプを持ってガラスというガラスを割って回りました。火の手が上がるのが見えました。ガソリンの匂いがツーンとしました。誰かが火炎瓶を投げたのです。私はそんな中、ひたすらガラスを割り続けました」

マルゲリ全学連の襲撃は成功した。駅舎は炎上し、駅機能は完全に麻痺した。白煙を上げる駅舎の様子はテレビで何度も放映された。

しかし、この戦いの代償は大きかった。襲撃部隊の約半数、五十人近くの活動家が逮捕されたのだ。十年以上の実刑判決を食らったものもいる。

船戸は辛くも逮捕を免れた。

「てっしゅうーっという声が聞こえたときにはすでに大混乱で、あちこちで警察官との乱闘が始まっていました。班ごとに撤収するはずでしたが、班長がどこにいるのかわかりません。そのうち、銃声のような音がしたので慌ててその場を離れました。公安らしい男が追って来たので、必死に走りました。大きな通りは避けて、ごちゃごちゃしたビル街の小さな道を右に行ったり、左に行ったりしたので、どこをどう走ったのかはわかりません。そのうち、景色が開け、目の前に大きな川が現れました。近くにあった階段を降りて岸辺に出ました。大きな橋が見えたので、その橋に向かってまた走り出しました。橋を渡ったところで力尽きました。もうダメだと思いました。が、追ってくる者はいませんでした。私は逃げ切ったのです」

2

船戸健一と俺の接点は外堀大学の学生会館である。が、学生時代は会っていない。船戸と俺が知り合ったのは四十代も後半になってからだ。きっかけはＳＮＳだった。八〇年代の外堀大学について俺が書いた記事に船戸がコメントを寄せて来たのだ。

「私は地方の駅弁大学の学生でしたが、堀大の学生会館には何度か行ったことがあります。武川さんの記事を読んで、あの頃のことを思い出しました」

そんなコメントだった。「堀大にはいつ来たんですか？」と訊くと、船戸はこう答えた。

「初めて堀大に行ったのは一九八五年の五月です。マルゲリの全学連大会に参加するためでした。黒ヘルの武川さんには怒られるかもしれませんが、私はマルゲリのシンパでした」

別に怒りはしない。むしろ、そういうことは初めに言ってくれた方がいい。

「堀大はマルゲリの最大拠点校ですから、私も堀大のことはいろいろ聞いていました。白ヘルと黒ヘルがバチバチだったことも聞きました。だけど、黒ヘルを悪く思ったことはありません。むしろ、堀大の黒ヘルはすごいと思っていました。準軍事組織のマルゲリ全学連を相手に一歩も退かないんだから。もし、私が堀大に入っていたら間違いなく黒ヘルになっていたと思います」

これも社交辞令なのだろう。俺はそう思った。が、こう言われて悪い気はしなかった。それから俺たちはメル友になった。

船戸は昔のことをよく覚えていた。「二度目に学館に来たのは？」と訊くと、こんなメールが返ってきた。

「二か月後の七月です。三里塚の集会の前日に行って砦に泊まりました。三里塚には堀大支部の人たちと一緒に行きました」

砦とは、学生会館本部棟の一階、マルゲリが占拠し、要塞化した一角のことである。

「黒ヘルの人たちは、学館の一階全体を砦と呼んでいたようですが、堀大支部の人たちが砦と呼んでいたのは一階の奥の方の五部屋です。それ以外の部屋では通常の自治会活動が行われていて、一般の学生が入ってくることもありました。

砦は会議室、トレーニング室、倉庫、男女それぞれの寝室で構成されていました。どの部屋も窓は分厚い鉄板で塞いであって、外部とは完全に遮断されていました。会議室にはホワイトボードがあって、細長い机が並んでいました。トレーニング室にはルームランナー、エアロバイク、ダンベルなどがありました。倉庫は整理がされてなくて、書類や衣類などが段ボール箱に入ったままの状態で山積みにされていました。寝室はまさに兵舎でした。卓球台が隙間なく並んでいて、その上にマットトレスや布団が敷いてありました。卓球台は二列あって、間が通路になっていて、一列に6人から7人が寝ていました。女性の部屋もチラっと見ましたが、同じ構造でした」

マルゲリの活動家が砦で共同生活をしていたことは知っていたが、まさか卓球台で寝ていたとは思わなかった。

「卓球台ベッドの寝心地は最悪でした。隣の人の鼾も気になって、なかなか眠れませんでした」

それはそうだろう。あの頃、マルゲリの連中はいつも顔色が悪く、イライラしていたが、睡眠の質が悪かったのだろう。

最初のメールから半年が過ぎた頃、船戸からこんなメールが来た。

「今度、仕事で東京に行きます。よかったら一杯やりませんか」

それで俺たちは、堀大ゆかりの飯田橋で会うことになった。待ち合わせ場所は、飯田橋駅のすぐ近くの富士見町教会の前。

「カーキ色の大きなボストンバックを持って、黒のデイパックを背負っている短髪の男が私です」

約束の時間に教会の前に行くと、まさにその男がいた。紺のジャンパー、白のポロシャツ、チャコールグレイのスラックス。体も顔つきも引き締まっている。

俺は戸惑った。というのは、俺のイメージしていた船戸とずいぶん違ったからだ。

俺たちは神楽坂の居酒屋Mに入った。学生時代、黒ヘルの仲間たちとよく来たところだ。

「今日はお時間を作ってくださって、ありがとうございます。武川さんは思っていた通りの人だ。さっき、すぐにわかりましたよ」

「そうですか」

俺はまったく逆だった。

船戸はいつも丁寧なメールを書いてくる。言葉遣いも丁寧だが、それだけではない。船戸のメールからは、正確に書こう、詳細に書こうという意志が伝わって来るのだ。それで、いつも書類と格闘している弁理士か司法書士だろうと思っていたのだが、現実の船戸は違った。デスクワーカーには見えない。書類とは縁のない現場で働く職人か板前に見える。

俺はそんな印象を持ったことを伝えた。もちろん、失礼にならないように十分に言葉を選んで。

「高倉健のような雰囲気がしますか。それは嬉しい。健さんの映画は私もけっこう見てますが、武川さんのおっしゃる通り、若い頃の健さんは職人とか板前の役が多いですね。寡黙な職人、人に言えない過去をもつ板前。私もそんな風に見えますか。実は飲み屋のお姉さんにもよく言われるんです。お寿司屋さんですかって」

なるほど、寿司屋にも見える。白衣と白い和帽子が似合いそうだ。

「武川さんは健さんの『あなたへ』は見ましたか?」

その映画は俺も見ていた。高倉健が亡き妻の生まれ故郷を訪ねる話だ。健さんの役は刑務官。しかし、船戸は刑務官という感じではない。

「見ましたか。よかった、それなら話が早い。ほら、あの映画に全国のデパートやイベント会場を回っている、旅がらすの実演販売士が出てくるでしょう。私の仕事はあれなんですよ」

ああ、そっちか。

「私も旅がらすです。昨日までは銀座のデパートで北海道の駅弁を売っていました。全国駅弁祭りというのが催事場であったんです。来週は千葉市で博多ラーメンを売ります。今度は全国ラーメン祭りです」

健さんの映画には実演販売士が二人出て来る。一人は妻と子供から逃げるように全国を回っている男。もう一人は事故で死亡したことになっている男。どちらも家に帰れない事情を抱えていた。

「私は二十年以上、この仕事をやっています。全国を飛び回っているので、住所不定です」

3

居酒屋Mのメニューは昔と変わらなかった。俺は昔と同じものを注文した。

「黒ヘルのみなさんは、いつもここで飲んでいたんですか?」

「週に一回は来てましたね」

「いい店ですね。黒ヘルのイメージにぴったりだ。前にメールにも書きましたが、私は堀大の黒ヘルのファンでした。私も堀大に行けばよかった。そうしたら、学生時代にもここで飲んでいましたね」

船戸はしきりに「黒ヘルになりなかった」と言う。それで俺はこう訊いた。

「船戸さんは、どういう経緯でマルゲリのシンパになったんですか?」

特にそのことが気になっていたわけではない。話の流れからそう聞くのが自然だと思ってそう聞いたのだが、船戸はこの質問を待っていたようだった。

「は、話していいんですか?」

船戸は目を大きく見開いてそう言った。

「ええ、もちろん」

「そ、そうですか。武川さん、聞いてくれますか」

船戸は気持ちの高ぶりが抑えられないといった様子だった。

俺が「ぜひ、聞かせてください」と言うと、船戸は「しかし、どこから話せばいいのか……」と少しためらった様子を見せたが、「わかりました。武川さんがそこまでおっしゃるなら話します」と語り始めた。

「私のいた大学にマルゲリの活動家が一人いました。石田ミキという人です。歳は二十代の後半。髪が長くて、体の線が細くて、いつも胸元の開いたシャツを着ていて、ネックレスが光っている。ミキさんを初めて見た時は驚きましたよ。なんで、大学にホストがいるんだと。後でマルゲリの活動家と知ってさらに驚きました」

ミキは卒業をしないで留年を繰り返し、何年も大学にいた。

「ミキさんは浮いた存在でした。歳は離れているし、なんといってもマルゲリの活動家です。だから、みんな、ミキさんとは距離を置いていた。だけど、困ったときのミキ頼み、という言葉もありました。みんな、ミキさんとは距離を置いていながらも、一方でミキさんを頼っていたんです」

学生たちがミキを頼ったのは、ミキが学内の裏事情に通じ、教授の弱みもいろいろ掴んでいたからだ。

「私も単位を落としそうになった時にミキさんを頼りました。ミキさんは一緒に教授に掛け合ってくれました。おかげで単位は取れました。教授もミキさんには頭が上がらなかったんです」

ミキの力で単位を取ったことで、それ以降、船戸もミキに頭が上がらなくなる。

「全学連大会や三里塚の集会に行ったのは、それが理由です。マルゲリの活動に参加することには抵抗がありましたが、借りを返そうと思ったんです。ミキさんのシンパとして参加することで、ミキさんの顔を立ててやろうと」

人が政治活動に関わる理由はさまざまだが、船戸にはこんな経緯があったのだ。

「こんな理由でマルゲリの全学連大会に参加するのは、おかしいですかね」

船戸は不安げな顔でそう言った。俺は「そんなことはないですよ」と答えた。

「みんな、そんなもんですよ。政治的な理由で政治活動を始める人間なんてそういません。家庭の問題とか、恋人関係、友人関係とか、そういう個人的なところから入っていくのが普通です。が、個人的な理由で入りましたと言う人は少ない。みんな、もっと大きなところから入ったような顔をする」

俺がそう言うと、船戸は我が意を得たりとばかりに膝を叩き、「その通り」と言った。そして、人差し指をピンと伸ばして俺の方に向けながら、「異議なし、異議なし」と繰り返した。これは活動家時代の名残だろう。

「私もそうでした。全学連大会の後に交流会があって、そこで全学連執行部の人たちからいろいろ聞かれたんです。普段はどういう活動をやっているのか、どうして全学連大会に来たのかと。それで、三里塚の問題、国鉄分割民営化の問題には前から関心がありましたと答えました」

模範解答だ。全学連執行部の喜ぶ顔が目に浮かぶ。

「でもね、武川さん、私は別に自分を大きく見せようと思って、大きなことを言ったわけではないんです。その場の空気を読んだだけです。だって、そうでしょう。あの場で私が、教授を脅迫してくれたお礼に来ましたなんて言ったら、ドン引きされたでしょう。だから、当たり障りのないことを言ったんです。そうそう、ある女性はこんなことを言っていました。たしか彼女は九州の大学の……」

この日は終電まで飲んだ。船戸は全学連大会について語り続けた。船戸はこの大会のことを鮮明に覚えていた。

俺は若き日の船戸の姿を思い浮かべた。二十代初めの、下ろしたての白いシャツのように輝く船戸青年が、全国から結集した学生たちと一緒にシュプレヒコールを上げる姿を想像した。

4

翌日、俺は船戸にメールを送った。

船戸は別れ際に「北海道の名産品です」と沢山お土産をくれた。そのお礼を言わなければと思ったのだ。

すぐに返事が来た。船戸も俺にメールを送ろうとしていたようだった。

「販売員割引で買ったものです。気にしないでください」

その後にこう書いてあった。

「昨日は一人で喋りまくりまして、すみませんでした。学生時代の話をするのは久しぶりでしたので、気持ちが高揚していたようです。つまらない話に付き合ってくださいまして、ありがとうございます。今になってこんなことを聞くのもなんですが、武川さんはどうして黒ヘルになられたのでしょうか。そのことを聞き逃したことを後悔しています。お時間のあるときにでも教えていただければ……」

これは難問だ。黒ヘルになったのは三十年以上前。これまでにも何度か同じことを聞かれたことがある。が、うまく答えられたことは一度もない。

きっかけはいろいろあった。親切にしてくれた先輩が黒ヘルだったとか。しかし、これは黒ヘルになった理由にはならない。俺が黒ヘルになる前は、マルゲリも十分に親切だったからだ。仲良くしていたクラスメートが黒ヘルになったというのもある。が、黒ヘルにならなかったクラスメートの方が多いのだから、これも理由にはならない。

では、なぜ黒ヘルになったのか。今、振り返ると、特にこれといった理由は見当たらない。あれは、なろうと思ってなるものではない。気が付いた時には、なっているものなのだ。

俺はそんな風に答えた。これでは答えになっていない。自分でもそう思う。が、これが正直なところだった。

何日か経ってから船戸からメールが来た。

「武川さんのおっしゃることは本音だと思います。実はミキ氏にも同じことを聞いたことがあるのですが、ミキ氏の答えも同じでした」

船戸がミキに「どうしてマルゲリに？」と聞いたのは全学連大会からの帰り道、地元に向かう汽車に乗っている時だった。ミキは窓の外に目をやり、山の向こうに沈む夕日を眺めながらこう答えた。

「僕がマルゲリに結集したのは高校生の時だよ。十年前だ。あの頃のマルゲリはマル革派（マルクス主義者同盟革命党建設派）と殲滅戦をやっていて、バンバン人が死んでいた。だから、僕もそれなりの覚悟を決めてマルゲリになったはずだけど、どうしてマルゲリになったんだろう。うーん、わかんないや。マルゲリの同盟員になる時は、革命に人生をかけますっていう誓約書を書くんだけど、なんて書いたかも覚えてない。

だけど、マルゲリになったことは後悔してないよ。

ほら、僕って見かけがこんなだろう。だから、子供の頃からバカにされてたんだ。オカマだ、ホモだ、なんだって。だけど、マルゲリになってからバカにされなくなった。

でも、これは結果論だね。マルゲリになった理由じゃない。僕はなんでマルゲリになったんだろうね」

なるほど、同じだ。マルゲリの活動家は「私は決意を固めた人間です」というような顔をしている。だから、もっとしっかりした理由や動機があるのかと思っていた。しかし、そうでもないようだ。

「あの時は、はぐらかされたと思いました。でも、今は違います。ミキ氏は正直に話してくれたと思っています。武川さんが本音を語ってくれたように。

私も同じです。私も昔、ある重大な決断をしました。人生の方向を決める大きな決断でした。が、なぜ、そんな決断をしたのかと聞かれると、うまく説明ができません。

こないだは話しませんでしたが、私は三回、外堀大学の学生会館に行っています。一回目は五月の全学連大会のとき、二回目は七月の三里塚の集会のときですが、秋にもう一度行きました。

今度、お会いするときは、そのときの話をさせてください」

船戸のメールには「秋にも学館に来た」と書いてあった。

一九八五年の秋には大きな事件が二つあった。一つは三里塚だ。十月、マルゲリは三里塚で機動隊を相手に市街戦をやった。この戦いでは二五〇名近くの活動家が逮捕された。その中には堀大文部の活動家もいた。

もう一つは十一月の浅草橋である。

船戸はどちらかの事件、あるいは両方の事件に関わっている。

俺は船戸からの連絡を待った。

5

一年後、船戸と再会した。

「今、東京に来ています。もし、お時間がありましたら、お会いしたいのですが」

ある日、突然、こんなメールが来たのだ。

「会いましょう。今、東京のどちらにおいでですか？」

「東京駅のデパートで寿司屋の真似事をやっています」

俺は東京駅に向かった。

船戸はデパートの食品コーナーの一角で、押し寿司の実演販売をしていた。白衣を着て、白い和帽子を被っていた。なるほど、寿司屋に見える。寿司屋そのものだ。

その夜、俺たちは有楽町のガード下に行った。「牡蠣祭り」という看板の出ていた海鮮料理の店に入った。

「ここは東京駅の南側ですからいいんですけど、私は東京駅の北側が苦手なんです」

「北側というと、神田とか、そのへんですか」

「東京駅から北東に向かって九〇度の範囲です。あのエリアに入ると緊張するんです」

「船戸さんは、風水か何かをやられているんですか」

「いえ、トラウマです。昔、あのあたりを逃げ回ったんです」

「逃げ回った……」

「浅草橋戦闘はご存じですよね。私はあれに関係しています」

俺の思った通りだった。俺は詳しく聞きたいと言った。船戸はそのつもりだと答えた。

「一九八五年の秋、十一月の初めでした。会ってほしい人がいるとミキさんに言われて市内のホテルに行きました」

船戸はホテルのラウンジ喫茶で、マルゲリの幹部、当時、学対部のナンバー2だった山尾と会う。

「山尾は茶色の地味な上着を着ていて、学校の先生のような風貌をしていました」

そんな山尾に船戸は失望する。

「山尾のことはミキさんから聞いていました。ミキさんは山尾のことを本物の革命家だと言っていました。だから、ゲバラのような颯爽とした人物を想像していたんです。が、私の前に現れた山尾は、田舎の学校の国語の先生といった感じの冴えない中年男でした。着ているものもダサくて、男のダンディズムなんてかけらもない。でも、目つきはすごかった。鋭いというか、陰惨な感じがしました。なるほど、これが革命家の目なのかと思いました」

この席で、船戸は武装闘争への決起を求められる。

「国鉄分割民営化を粉砕するために、ゲリラ・パルチザン戦争に決起してほしい。君のことは石田から聞いている。信念のある、信頼できる人物だと聞いている。高校では剣道部の主将を務めていたそうじゃないか。革命には君のような人材が必要だ。山尾にはそんなことを言われました。具体的に何をやればいいんですかと訊くと、山尾はこう言いました。ここで詳細を話すことはできないが、大きな戦いの準備をしている。日本階級闘争史の画期となる戦いになる」

船戸の気持ちは激しく揺れた。

「マルゲリの幹部が私のために、こんな田舎まで来てくれた。それは正直、嬉しかったです。が、ゲリラ・パルチザン戦争に決起してくれと言われても、即答できるものではありません。それで、考えさせてくださいと言って、その日は別れました。しかし、いくら考えても結論なんて出ません」

船戸はミキに相談した。しかし、ミキの返事は「君が自分で決めることだよ」と素っ気なかった。

「逮捕される可能性があるからね。僕も無責任なことは言えないよ」

ミキの言う通り、十月の市街戦では二〇〇人以上の学生が逮捕されている。マルゲリの戦いとはそういう戦いである。

それから一週間ほど経ったある日、船戸が学食で食事をしていると、ミキが現れ、「例の件、来週、堀大の砦で会議がある。君も行くか?」と声をかけた。船戸は「行きます」と答えた。

「私があっさり答えたので、ミキさんは驚いていましたが、私もそんな自分に驚きました」

逮捕の問題はどうクリアしたのか。

「当たり前の話ですけど、逮捕されるのはイヤでした。でも、逮捕されるのが怖いから断りますとは言えません。十月の戦いで知っている人がたくさん逮捕されていましたから。全学連大会や三里塚の集会で会った人たちです。交流会で一緒にお酒を飲んだ女性活動家も逮捕されていた。だから、逮捕が怖いなんて言えない。でも、不思議なもので、行くと決めたら、すーっと気持ちが楽になりました。頭ではあれこれ悩んでいたけど、腹は決まっていたんです」

6

十一月の中旬、船戸はミキと上京し、砦に入った。

「砦は騒然としていました。他の大学の活動家もたくさんいて、人でごった返していました」

会議は砦の会議室で開かれた。参加者は二十数名。会議を仕切ったのは全学連副委員長の浅田だった。

「あの時、浅田君は十九歳か二十歳だったと思いますが、ルックスがよくて、笑顔が爽やかで、いわゆるジャニーズ系の青年でした。マルゲリにはこんな人もいるのかと驚きました」

浅田の爽やかさとは裏腹に、話は殺伐としていた。

「浅草橋駅を襲撃すると聞いた時は、えーっと思いましたよ。それがどう国鉄分割民営化阻止につながるのか、さっぱりわからなかったから。でも、みんなやる気満々で、そんなことが言える雰囲気ではありません」

質問とか意見は出なかったのか。

「誰かが、全学連委員長の釜石はどこにいるんだと質問しました」

この質問に浅田はこう答えた。

「今回の作戦には一〇〇人以上の同志が参加します。ここと同じ規模の部隊が複数ある。釜石委員長は他の部隊にいます。ここは僕が責任を持ちます」

浅田がこう言うと会議室は一瞬、静まり返り、しばらくすると、おーっという喚声が上がった。

「一〇〇人以上と聞いて、みんな驚いたんでしょう。そして、これはすごい戦いになると一気に盛り上がりました」

この日の会議は次のことを確認して終わった。

・今後は食事から何からすべて三人一組の班単位で行動する。
・今夜から当日まで砦で合宿をする。
・今、この瞬間から外部との連絡は一切絶つ。

船戸は困惑した。

「授業もあるし、バイトもある。どうしようと思いました。でも、大事の前の小事です。逮捕されたら、どうせ休むことになるんだから心配してもしょうがない。そんな風に開き直りました。

それよりも着替えの問題の方が切実でした。何も持ってきてなかったので。それで、一度、家に帰っていいかと聞いたのですが、機密保持の観点からそれは認められないと言われました。結局、ミキさんが着替えとか洗面道具とか、必要なものを揃えてくれることになりました。あの時は、ミキさんにそんなことをさせて申し訳ないと思ったのですが、よくよく考えると、こうなることを事前に言わなかったミキさんも悪い。もっとも、彼らは情報漏洩にピリピリしていたので、ミキさんも口止めされていたのでしょう」

船戸は坂本という男の班に配属された。

「坂本さんは関西の大学の人で、歳は私より二つ上。柔道の有段者で、ごつい体をしていました。岡田君は堀大の二年生。私の方が年上だったので、浅田君は私を副長に指名しましたが、岡田君のほうが活動家としてのキャリアは長いし、堀大についても彼の方が詳しいので、彼に副長をやってもらうことにしました。岡田君はよく気がつく人で、合宿中はいろいろ世話になりました」

こうして船戸は合宿生活に入る。

「昼は筋トレ、夜はマラソン。これが日課でした。あとは基本的に自由時間です。その頃、堀大では学費闘争をやっていたので、その手伝いをする班もありました。坂本さんと岡田君はいつも議論をしていました。私は本を読んでいました。革命関係の本ではありません。スパイ小説です。誰の趣味なのかわかりませんが、砦の倉庫にフレデリック・フォーサイス、ブライアン・フリーマントル、ジョン・ル・カレなんかの文庫本が積んであったんです。それを片っ端から読んでいました。

食事は一日三回。昼と夜は堀大の学食です。砦を出るときは班行動ですので、いつも三人で行きました。悲惨なのは朝です。なんと、パンの耳とゆで卵だけ。食料調達の班があって、彼らが毎朝、市ヶ谷、飯田橋のパン屋を回って集めてきたんです」

堀大のマルゲリの主食がパンの耳だったことは俺も知っていた。彼らがパン屋を回っているところを見たこともある。だから、「パンの耳」と聞いても驚かなかった。

が、他の大学から来た人間たちには、パンの耳は衝撃だったようだ。

「はじめはみんな我慢していましたが、やがて、坂本さんをはじめとする関西出身の人たちが騒ぎ出しました。浅田君は、堀大ではいつもこうなんですと言って必死になだめていましたが、なんといっても彼は若いんで、古参の活動家は言うことを聞かない。浅田君の制止を振り切ってマックやファミレスに行く班も出て来ました。砦では、他の班のメンバーとの議論は禁止となっていました。が、そんなルールもみんな無視。やがて、兵士ソビエトが結成されて、待遇改善を求める集会も砦の中で開かれました。みんな運動のプロですから、こういうのは早い。困ったのは浅田君です。こうなるともう統制が取れない。それで、松下が現れました」

松下はマルゲリの大幹部、学対部の最高責任者である。

7

「松下は、芝居掛かった話し方をするキザな男でした。本人は親分肌の人間を演じているようでしたが、小心な男が粋がっているとしか思えなかった。あの男には親分肌の人間がもつ温かみがなかった。むしろ、酷薄なものを感じました。ミキさんは、松下は平気で人を道具に使うと言っていましたが、私もそんな印象を受けました」

船戸の松下評は厳しかった。よほど気に食わなかったのだろう。

が、松下はパンの耳に端を発する一連の騒ぎを鮮やかに解決した。

「朝飯はパンの耳で我慢しろ。その代わり、焼肉を食わしてやる。決戦の日までに三回だ。党には負担をかけない。全額、俺のポケットマネーから出す」

松下は兵士ソビエトの代表にこう言い、反乱を鎮圧した。砦にいた兵士は二十名。一回につき一人五千円としても、三回なら三十万円だ。ずいぶんと奮発したものである。

「坂本さんは、ドケチの松下が金を出すなんてと驚いていました。岡田君は、焼肉三回は我々への期待の大きさを表している、この戦いの偉大さを物語っていると喜んでいました」

マルゲリが焼肉を食べているという話は、当時、俺も耳にしていた。その時は、マルゲリは景気がいいんだなと思っただけで、まさかそんな背景があるとは思いもしなかった。

学生たちは焼肉で懐柔されたわけだが、無理もないと思う。五十代も半ばを過ぎた今は、焼肉と言われても冷静でいられる。が、俺も学生の頃はそうではなかった。「焼肉を食わしてやる」と言われれば飛び上がって喜びを表現しただろう。

ところが、船戸は素直に喜べなかったという。

「私の気持ちは複雑でした。会議の時、浅田君はこう言いました。計画は完璧だから逮捕されることはない。必ず全員逃げ切れる。万が一、逮捕されても、爆弾を使うわけではないからすぐに出られる。長くても一か月だと。それで私ものんびり構えていました。逮捕されても、一月の後期試験に間に合うのならいいかと。しかし、松下が金を出すのは異例だと聞いて、もしかしたら、これがシャバで食べる最後の焼肉になるのではないかと思うようになったのです」

船戸は、この焼肉には裏があると思ったのだ。船戸が砦に来たのは会議に参加するためだった。が、そのまま合宿に参加することになり、気がついたときには兵士にされていた。そういう経緯を考えると、船戸がそう思うのも無理はない。

「焼肉を拒否した人もいました。東北の大学の人です」

その男は、俺は焼肉で魂を売ったりはしないと言って焼肉を拒否。それっきり姿が見えなくなった。浅田はこの件についてこう説明した。

「彼は脱落しました。今は杉並の事務所にいます。機密保持の問題があるので、今回の作戦が終了するまでそこにいてもらいます」

この脱落事件で船戸の心は揺れ動く。

「それまで私は、脱落なんて許されない。逃げたら殺されると思っていたんです。だけど、浅田君は、決起に参加するかどうかは、あくまでも自由意志だと言いました。それで、私の心は乱れました」

私はマルゲリの同盟員ではない。ただのシンパだ。大衆だ。なのになぜ戦わなければならないのか。私に戦う理由はあるのか。そもそも、なんでこんなところにいなければならないのか。私の自由を縛る権利は誰にもない。こんなところからは逃げればいい。逃げるチャンスならいくらでもある。学食に行ったときに逃げればいい。なのになぜ私は砦に帰ってくる。船戸はそんなことを考え続けた。

結局、船戸は逃げなかった。

「私が脱落したら、坂本さんや岡田君が責められる。ミキさんの立場もなくなる。そう思ったんです。仲間を裏切るわけにはいかない。あの時はそんな風に自分を納得させました」

船戸の話を聞いて、クリント・イーストウッドの監督映画『父親たちの星条旗』を思い出した。あの映画ではラストに「国のために戦い、仲間のために死ぬ」というメッセージが流れる。俺も兵士とはそういうものだと思う。大義を掲げて戦うが、大義のために死ぬわけではないのだ。

決戦の前日、十一月二十八日の朝が来ると、船戸たちは砦を出て、池袋にあるマルゲリの本部ビルに向かった。本部ビルに入ると、学生が寝泊まりする部屋に通され、そこで夜まで待機するよう命じられた。

「部屋には三十人近くいましたが、他の班の人間との会話は一切禁止。トイレに行くときも浅田君の許可が必要でした。夕方の五時頃に早めの夕食をとって、あとはもうすることがないので寝ました。畳の上で寝るのは久しぶりでした。決戦前夜だというのに、ぐっすり眠れました」

深夜一時、船戸たちは幌トラックの荷台に乗って本部ビルを出た。

「二十人以上乗っていました。トラックがどこかの駅に停まると、そこで三人降りる。そうやって、だんだん人が減っていきました。私たちの班は最後まで乗っていて、上野公園の近くで降りました」

船戸たちは上野のフェミレスと秋葉原の深夜喫茶で時間を調整し、午前六時、万世橋を渡って十思公園に向かった。

「あの日、私は逃げ切りました。これで戦いは終わったと思いました。でも、それは違った。逃げ切ったことで新たな戦いが始まったのです。失踪者としての戦いです」

8

活動家の世界には「ゲバ名」というものがある。ゲバ名は活動家が使う偽名のことで、有名なところでは、レーニン、トロツキー、スターリンもゲバ名である。

反体制運動では、ゲバ名は必須とされているので、一九八〇年代の外堀大学の黒ヘル活動家も、みんなそれぞれゲバ名を持っていた。

俺が自分のゲバ名を決めたのは一九八五年の十二月、学費値上げ阻止闘争に参加した時だった。GK(学術行動委員会)の先輩に「ヘルメットを被るなら、ゲバ名を考えておくように」と言われ、いくつか考えたのだが、なかなかOKが出なかった。

はじめ、俺は武田とか上杉とか、戦国武将にあやかった名前を持っていった。闘争の現場で使う名前なのだから、強そうなのがいいだろうと思ったのだ。が、先輩は「これではダメだ」と言った。

「我々がゲバ名を使うのは、公安から身元を隠すため、誰が誰なのか特定されるのを防ぐため。だから、ゲバ名は目立たない、印象に残らないものがいい」

この説明を聞いた時は目から鱗が落ちるような気がした。それまで俺はこう考えていた。ゲバ名は役者にとっての芸名、作家にとってのペンネーム、プロレスラーにとってのリングネーム、ホステスにとっての源氏名のようなもの。だから、人の印象に残る名前がいいと。が、そうではなかったのだ。本物の革命家は目立ってはいけない。これが、革命のリアリズムなのだ。

それで俺は考えを改め、今度は、山田とか佐藤といった、目立たない、印象に残らない名前を持っていったのだが、これにもOKは出なかった。

「普通すぎる。これだと誰も覚えない。いざって時に思い出せない」

目立ってもダメ、普通すぎてもダメ。俺は頭を抱えた。

「武川君、難しく考える必要はないよ。これは、さじ加減の問題だ。たとえば、山手線の駅名から選ぶとすると、新宿とか渋谷とか恵比寿はダメ。しかし、大塚、田端、田町はＯＫ」

なるほど、そういうものか。それで、次に俺は西武池袋線の駅名にちなんだ名前をいくつか持っていった。下の名前までは忘れたが、苗字はたしか、椎名、大泉、秋津だったと思う。西武池袋線を選んだのは、その頃、その沿線に住んでいたからだ。

これにはすぐにＯＫが出た。一つに絞れと言われたので、一番、気に入っていた秋津に決めた。が、結局、俺が秋津と呼ばれることはなかった。理由は、ゲバ名よりも先に本名の方が知られていたからだ。

学生運動に関わる少し前の十月、俺は哲学会の発行する論文集に寄稿していた。その論文は「武川武」の本名で書いていた。それで、その頃から本名が知られていたのだ。だから、「どうも、秋津です」と名乗っても、「あ、哲学科の武川君だね。あの論文、面白かったよ」となってしまい、誰も秋津とは呼んでくれなかったのだ。

ゲバ名とはそういうもので、はじめが肝心なのだ。

そんなわけで秋津という名は定着せず、俺は本名で戦わざるを得なくなったのだが、これはいいものではなかった。

ＧＫにはゲバ名で通している活動家がけっこういたが、彼らはよくこんなことを言っていた。

「正月に帰省して地元の友達から本名で呼ばれるとホッとする。本当の自分に帰ってきたって気持ちになる」

この気持ちはなんとなくわかった。そういうものなのだろう。が、俺にはそのホッとする瞬間がなかった。彼らの言う「本当の自分」という逃げ場がなかった。だから、学生時代はゲバ名を使っている人間が羨ましくて仕方がなかった。

が、船戸健一の話を聞いて俺の考えは変わった。偽名を使うのもよしあしだ。偽名を使えば楽になることもあるだろう。が、偽名には落とし穴もある。偽名はただでさえややこしい人生というものを、さらにややこしいものにする。

9

船戸とゲバ名の話をしたのは二〇一六年の十二月、年の瀬も押し迫った頃だった。

「急遽、東京に行くことになりました。今度の現場は上野のデパートです」

船戸はいつも突然、東京にやって来る。

「私は実演販売士専門の派遣会社に登録していて、その会社が仕事を取ってきてくるのですが、この仕事は先が読めません。事務所から、来週、どこどこに行ってくれ、という電話があるまで、来週、自分がどこにいるのか、まったくわかりません。はじめはみんなこんな生活に戸惑います。

いつまでこんな生活が続くんだと不安になります。が、それもじきに慣れます。慣れるとこういう風まかせの旅がらす生活も悪くありません。私なんて三か月の長期の仕事が入ると、むしろ気持ちが重くなります。三か月も同じところにいるのかと」

前に会った時、船戸はこう言っていた。俺たちが学生の頃、「ノマド」という言葉が流行ったが、船戸のような生き方をノマドというのだろう。俺のような定住民とは生活のスタイルが根本的に違う。

船戸とは上野中通り商店街の入口、「上中《うえちゅん》」のアーチの下で待ち合わせをした。年の瀬の上野・御徒町界隈は活気があって寒さを感じなかった。

船戸は時間通りに現れた。船戸とはメールのやり取りを続けていたが、顔を合わせるのは二年ぶりだった。

「武川さん、とりあえず、何か食いましょうか」

「そうですね。船戸さん、どこか行きたいところはありますか」

「私の行きたいところでいいですか」

「もちろん」

俺たちは広小路交差点を渡って、筋を右に入ったところにある鰻屋に入った。船戸はこの店が気に入っているようで、「上野に来るたびに来ます」と言っていた。

食事を済ませると、俺たちは広小路から離れて、湯島駅近くのバーに入った。

「落ち着いて話せるところに行きましょう」

船戸がそう言うのでここに来たのだが、俺も静かに話がしたいと思っていた。

鰻屋ではドナルド・トランプの勝利したアメリカ大統領選やイギリスのEU離脱の話で盛り上がったが、本題はこれからだ。前に会った時は浅草橋戦闘の話を聞いた。その前に会った時は全学連大会の話だった。さて、今回はなんの話が聞けるのか。

「武川さんも学生時代はゲバ名を使っていたんですか?」

酒とつまみの注文を済ませた時だった。船戸がこう話を振ってきた。

「ゲバ名ですか……」

俺は「いくつか考えたが、結局、定着しなかった」という話をした。

「なるほど。本名がゲバ名ですか。さすが、肝が据わっている」

「いえいえ、結果的にそうなっただけですよ。それで、船戸さんのゲバ名は?」

俺がそう話を振ると船戸の目がキラリと光った。釣り糸に獲物がかかった時、人はこういう表情を見せる。船戸はこう聞かれるのを待っていたのだろう。

「私のゲバ名は草加《そうか》でした。草加煎餅《そうかせんべい》の草加です。名付け親はミキさんです。一九八五年の五月、マルゲリの全学連大会に参加する時、東京へ向かう汽車の中でミキさんが考えてくれました。考えたと言っても、たまたまその時、草加煎餅を食べていたんで、よし、これにしよう、となったんです。ちなみに、ミキさんのゲバ名は小池です。名前をつける時、湖池屋のポテトチップスを食べていたんで、小池にしたと言っていました」

なるほど、煎餅とポテトチップスか。堀大の白ヘルに「森永さん」と呼ばれる女性活動家がいたが、森永のキャラメルからつけたのだろうか。

「全学連大会でも、堀大での合宿でも、ずっと草加で通しました。同じ班の坂本さんや岡田さんも、私のことは草加さんと呼んでいました。だから、浅草橋駅を襲撃したのは草加という男です。

船戸健一は関係ありません」

船戸はそう言って笑った。

「もっとも、浅草橋の件は時効が成立していますから、草加が私だと判明したところで今さら逮捕されることはありません」

船戸の言う通り、浅草橋事件は二〇〇九年一月に時効が成立している。船戸は逃げ切ったのだ。

「しかし、私の場合、有印私文書偽造とか免状等不実記載とか、そういう罪状で別件逮捕される恐れがあります」

「え、どういうことですか？」

「実は、船戸健一も偽名なんです」

10

俺が「船戸」と呼んでいた男は「船戸健一は偽名だ」と言った。この告白には驚いた。というのは、前に会った時、船戸健一の名の記されたデパートの入館証や名札の束を見ていたからだ。船戸は仕事で行ったデパートの入館証や名札をコレクションにしているようで、北海道から九州、沖縄まで、実にさまざまなデパートの入館証や名札を持っていた。

「船戸健一は本名ではありません。でも、通名というわけでもない。戸籍謄本や住民票の名前も船戸健一です。税金もこの名前で払っています。だから、行政的には本名です。でも、私の本名ではありません」

「どういうことでしょう?」

「これを説明すると話が長くなりそうですが、ご迷惑ではないでしょうか」

俺はこういう話を聞きに来たのだ。迷惑なわけがない。

「では、お話しします」

船戸の話は一九八五年十一月二十九日、浅草橋戦闘の日から始まった。

この日、船戸は追って来る公安を振り切るとバスに乗って浅草に行く。

「後ろを向いても誰も追ってこない。しかし、油断はできません。それで、とにかく現場から離れようと思ったのですが、まったく地理がわからない。それでまた闇雲に歩いていると、浅草・上野と書いてあるバス停が見えました。浅草と上野には修学旅行で行ったことがありました。それで、とりあえず浅草に行こう。浅草に行けばなんとかなると思い、バスに乗りました」

前に聞いた話と合わせて考えると、船戸は浅草橋駅の北東にあたる地域を走り回り、蔵前橋を渡って隅田川の東側に出て、そこからまた北東の方向に歩き、今、東京スカイツリーが建っている墨田区押上の辺りまで行ったようだ。

船戸が逃げ切れたのは、逃げた方角がよかったからだろう。こういう場合、警察はまず東京の中心、つまり、皇居に向かって来るものを捕まえようとする。皇居から離れて行くものは深追いしない。だから、警察に追われた時は、外へ、外へと逃げた方がいいのだ。船戸は「地理がわからなかった」と言っているが、外へ、外へと逃げている。きっと勘がいいのだろう。

船戸は押上からバスで浅草に向かった。今、押上は観光地として賑わっているが、その当時は人通りもまばらな住宅地だった。そういうところだと、いざという時、身を隠せない。その点、浅草のような繁華街ならば雑踏の中に紛れ込める。だから、これもいい判断だったと思う。

船戸は浅草駅の近くでバスを降りると、まず、洋服から生活用品までなんでも売っている店に入った。

「黒っぽい服を着ていたので、白のスキージャケットと白のニット帽、あと白のスニーカーを買いました」

服の色を変えたのは、もちろん、公安の目を欺くためだ。

「あと、下着も汗でビショビショになっていたので一式買いました。新しいシャツを着た時は生き返ったような気がしました」

店のトイレで着替えを済ませると、船戸は雷門に向かった。そして、観光客のような顔をして、しばらく仲見世通りをぶらついた。

「尾行がついていないか、確認したんです」

跡をつけて来るものはなかった。

「それから喫茶店に入りました」

船戸はスパゲッティやオムライスがショーケースに並んでいる喫茶店に入った。浅草橋駅襲撃の前に深夜喫茶でサンドウィッチを食べたきりだったので、猛烈に腹が減っていたのだ。ところが、「すみませーん」と呼んでも店員は注文を取りに来ない。厨房に置いてあるテレビに釘付けになっていたのだ。

「いったい何があったんだろうと思い、私もテレビを見に行きました。驚きましたよ。浅草橋駅が炎上しているんです。アナウンサーは、電車のケーブルが切断されて首都圏の交通は麻痺状態だと言っています。これは大変なことになったと思いました」

この日のマルゲリの戦いは浅草橋駅襲撃だけでなかったのだ。国鉄（当時）の通信・信号用ケーブルを切断する戦いも行われていたのだ。

「ケーブルを切断するなんて聞いてなかったので驚きました。そんなことまでやったのかと」

船戸は実行部隊の一人である。テレビを見て、ヤッターとは思わなかったのか。

「それはなかったですね。それよりも、電車を止めてどうしてくれるんだと思いました」

船戸がそう思ったのは、電車に乗る必要があったからだ。

「撤収は班長の指示に従う。班長とはぐれた場合は、夜の七時、横浜の山下公園で迎えを待つ。そういうことになっていたんです。ところが、電車は止まっている。これでは横浜に行けません」

喫茶店を出るとバスが走っているのが見えた。電車は止まっていてもバスは動いていた。船戸はバスに乗って上野に向かった。

「とりあえず、一眠りしようと思ったんです。上野に行ったのは、坂本さんが、上野のカプセルホテルをよく使うと言っていたのを思い出したからです。しかし、上野駅の手前でバスを降りたのですが、修学旅行で来た時とは様子が違って途方にくれました」

船戸が修学旅行で来たのは上野公園や不忍池がある駅の西側。この時、船戸がたどり着いたのは昭和通りのある東側。たしかに上野は西と東で雰囲気が全く違う。

「カプセルホテルもどこにあるのかわかりません。しかし、安そうなビジネスホテルがたくさんありました。それで、一番安そうなホテルに部屋を取りました」

たしかに、あの辺りには小さなホテルがいくつもある。

「部屋に入って時計を見ると午後三時を回っていました。前の夜、池袋の本部ビルを出たのは午前一時。それからずっと歩いたり、走ったりしていたんです。そう思ったら、ふっと意識が遠のき、そのまま気絶するように寝ました。目が覚めた時は夜中の零時を回っていました」

11

翌朝、船戸はホテルのロビーで新聞を読み、昨日の戦いの全貌を知る。

「とんでもないことに関わってしまったと思いました。全学連副委員長の浅田君は、逮捕されても一か月くらいで出られると言っていましたが、そんなわけないだろう、下手すると十年は出られないだろうと思いました」

船戸のこの読みは正しく、全学連幹部の何人かは十年以上の実刑判決を受ける。

「逮捕はある程度、覚悟していました。しかし、長い勤めに出る覚悟はできてなかった。さあ、どうしようと上野公園や不忍池の周りを歩き回りながら考えました」

船戸には三つの選択肢があった。一つは自首する、二つ目はマルゲリと連絡をとって指示を仰ぐ、三つ目は自力で逃げる。

「自首すれば罪は軽くなる。執行猶予がつくかもしれない。それで、いったんは自首しようと思いました。が、自首はいつでもできる、焦って自首することはないと思い、やめました。ミキさんになんとかしてもらおうとも思いました。が、どうもその気になれなかった。それまでの経緯からマルゲリが信用できなくなっていたんです。それで、とりあえず、自力で逃げることにしました。逃げるといっても、時効まで逃げようなんて思いません。そんなことができるとも思わなかった。ただ、一か月か二か月の猶予が欲しいと思っただけです」

次に船戸はこう考える。

「寝床と金をどうするか。地元には、家に泊めてくれる友達が何人かいました。が、こんな事件に巻き込むわけにはいきません。それに、警察の動きがわからないので、実家には近づかないほうがいいと思いました。しかし、旅をするにも金が必要です」

船戸の出した結論は「住み込みの仕事を探そう」だった。

「本屋で就職情報誌を買って、寮完備、寮費無料の仕事を探しました。タクシー、引っ越し、パチンコ、キャバレー、建設関係などいろいろありました。その中で、私の目を引いたのが温泉旅館の求人広告でした」

温泉旅館の何がよかったのか。

「とにかくハードルが低いんです。年齢、学歴、経歴不問。即日採用、即入寮可、カバン一つで来てください。そういう求人広告が、これでもか、これでもかとあるんです。今いる町に住めなくなった、離婚して住むところがなくなった、そんな訳ありの方もOKなんていうのもあれば、夜逃げの前に電話をください。迎えに行きます、とか、駆け落ちカップル歓迎、寮(二人部屋)は早いもの勝ち、なんてドキドキするものもありました。これまで知らなかった社会の裏側を見たような気がしました」

船戸にそう言われて、俺もネットで温泉旅館の求人広告を調べてみた。今も三十年前とそう変わらないようである。わが国の温泉観光業は、訳ありの人たちに支えられているのだ。

数ある温泉旅館の中から、船戸は栃木県日光市(当時は栃木県塩谷郡栗山村)の湯西川温泉にある「秘境の湯・K旅館」を選んだ。

湯西川温泉は日光国立公園内にある温泉地。湯西川は利根川水系の川の名前で、この川の渓谷沿いに温泉旅館が並んでいる。

「ここにしようと思ったのは秘境という言葉に惹かれたからです。私のような逃亡者が身を隠す場所としてふさわしいと思ったんです」

湯西川は平家の落人伝説の残る地でもある。たしかに、警察に追われる船戸にはふさわしい。

船戸は上野からバスで浅草に行き、そこから東武鉄道で栃木に向かった。

「三時間以上かかりました。でも、行ってみると旅館は想像していたものと違いました。山の中にひっそりと建つ温泉宿を想像していたのですが、地下一階、地上五階建の近代的なホテルでした」

イメージは違ったが、ここまで来て帰るわけにはいかない。そもそも船戸には帰るところがない。

船戸は意を決して面接を受けた。

「名前は?」

「山崎一生《やまざきかずお》です」

「年齢は?」

「二二歳です」

「スポーツは何かやってましたか?」

「剣道をやってました。三段です」

「それはすごい。いつから働けます?」

「今日からでも」

「OK」

面接はこれで終わった。

この時、船戸は履歴書も何も用意していなかったのだが、求められることはなかった。訳ありの人にそんなものを求めるのは野暮というものなのだろう。

ちなみに、山崎一生は偽名である。

「駅のキオスクでヤマザキパンを買った時、この名前に決めました。一生はプロレスラーの山崎一夫からもらいました」

12

船戸はこの旅館で働くうちに「逃げ切れるかもしれない」と思うようになる。

「この旅館は訳ありの逃亡者の宝庫のようなところで、借金取りから逃げている人、組を抜けて逃げている元ヤクザ、男から逃げている元ホステスなど、いろんな人がいました。彼らを見ているうちに、その気になれば逃げられるんだと思うようになったんです」

この旅館ではどんな仕事をしたのか。

「フロント、接客、清掃、調理場など、いろんな仕事がありました。私が配属されたのはホール係でした。レストランと宴会場で配膳や片付けをする係です。勤務時間は6時30分から9時と15時から21時が基本で、朝は大ホールと呼ばれるレストランで、多い日は二〇〇人分の朝食を並べます。夜は宴会場で、やはり多い日は二〇〇人分の料理を並べます。昼食時も、団体の予約が入っている日は働きました。朝から夜までぶっ通しです。ホールの仕事は体力勝負なので、若いとホール係に回されるようでした」

かなりハードな仕事のようだが、時給はなんと450円。

「三食、寝床付きとはいえ、いくらなんでも450円は安すぎる。ですが、最初の一か月の給料は二十万円を超えました。ほとんど休みがなかったんです。一日丸々休める完全休日は、二週間に一日だけでした」

寮はどんなところだったのか。

「寮はかなり古い建物で、古くなった旅館を再利用しているようでした。十畳くらいの部屋がいくつも並んでいて、そこで雑魚寝です。私の部屋では五人が寝ていました。プライバシーなんて何もない。でも、砦の合宿と比べれば、畳の上に布団を敷いて寝られる分、こっちの方がマシでした」

食事はどうだったのか。

「朝と昼はごはん、納豆、海苔、夜は、これに揚げ物がつきました。これが毎日続きます。みんな、文句を言っていました。でも、私は平気でした。パンの耳よりはマシですから」

マルゲリの合宿を経験して、船戸は強くなったのだ。

「仕事はきついし、環境は劣悪です。でも、しばらくはここで働くつもりでした。百万円貯めようと思ったんです」

船戸がそう思ったのは、「百万円出せば、他人の戸籍が買える」という話を聞いたからだ。戸籍売買とか戸籍ロンダリングと言われるものだ。

「同じ部屋の元ヤクザから聞いたんです。実際、そうやって他人に成り済まして生活している人を知っていると。新しい戸籍を手に入れれば表の世界に帰れる。ちゃんとした仕事にもつけるし、部屋も借りられる。そう思ったんです」

給料は月二十万円、家賃、食費はかからない。これなら百万円くらいすぐに貯まる。船戸はそう考えた。が、湯西川に来て三か月が過ぎた時、船戸は番頭に呼び出されてこう言われる。

「山崎君も気がついていると思うけど、ここのところ客の入りが悪い。それで、何人か整理しろと上から言われているんだが、縁あって来てくれた人を裸で放り出すわけにはいかない。それで、同業者に声をかけたら、若い男ならうちで引き取るっていうんだよ。中年はダメだけど若いのならいいと。今、うちで一番若いのは君だ。考えてくれないか。もちろん、嫌ならいいんだ。無理にとは言わない。しかし、先方には、真面目によく働く若者がいるって言ってあって、向こうは君が来るのを待っているんだよ」

これは、いい話なのか、悪い話なのか、船戸にはわからなかった。が、断る理由も思いつかない。

「わかりました。その同業者さんのところに行きます。番頭さん、短い間でしたが、お世話になりました」

「そうか、行ってくれるか。ありがとう」

「ところで、その同業者さんの旅館はどこにあるんですか？」

「群馬県の伊香保温泉だ。歴史のあるいいところだよ。こんな辺鄙なところと違って、あそこには文化がある」

「伊香保ですか」

「それにね、あそこの女将は美人だ。バツイチの子連れだけどね」

13

伊香保温泉は草津温泉と並ぶ群馬の名湯である。「お医者さまでも草津の湯でも」と歌われる草津温泉の方が有名だが、「伊香保の方がいいです。なんと言っても歴史が古い」と船戸は言う。たしかに、伊香保温泉の歴史は古い。草津には「源頼朝が訪れた」という話が伝わるが、伊香保の名は万葉集にも出てくる。

「伊香保には戦国ロマンもあります」

伊香保のシンボルである石段街が生まれたのは戦国時代の天正四年(一五七六年)。織田・徳川の連合軍と武田軍が激突した長篠の戦いの翌年である。今、石段街は、三六五段の石段の両側に旅館や土産物屋、遊技場などが軒を連ねる観光地として賑わっているが、もともとは長篠の戦いで負傷した武田の兵士たちの湯治場だったのだ。

一九八六年三月の初め、船戸はこんな歴史をもつ伊香保温泉のT屋という旅館に赴く。

「T屋は石段街から少し離れたところにありました。湯西川のK旅館は本館と別館合わせて総部屋数が一〇〇室を超える大ホテルでしたが、T屋の部屋数は七室。昔ながらの温泉宿といった感じのところでした」

T屋には四十がらみ女将と五十過ぎの番頭がいて、船戸は番頭の下で働いた。

「番頭さんの前職は高校教師。教え子と駆け落ちをしてここに来たという、やはり訳ありの人でした」

番頭は歴史小説、時代小説が好きで、宿直室の本棚には司馬遼太郎や池波正太郎の本がズラリと並んでいた。

「よく借りて読みました。番頭さんは伊香保の郷土史にも詳しくて、いろいろ教えてくれました」

T屋ではどんな仕事をしたのか。

「K旅館は分業がしっかりしていましたが、こっちは人数も少ないので、なんでもやりました。少しでも体が空くと、あれをやれ、これをやれと言われるので、労働時間はこっちの方が長かった。でも、旅館全体のこともわかったし、いろいろ意見も言えたので、やりがいを感じました」

寮はどうだったのか。

「寮はこっちの方がよかったです。なんとロッカーがあったんです。K旅館には何もなかったので、いつも財布を身につけていましたが、こっちにはロッカーがあるので、財布を持ち歩かなくて済みました。ロッカーの鍵をもらったときは、個室をもらったような気になりました」

食事はどうだったのか。

「朝食の基本はごはんと納豆でしたが、たまにベーコンエッグを作ってくれたり、いろいろ変化をつけてくれました。夜も、刺身が余った時は海鮮丼、天ぷらが余った時は天丼と、その日、あるものを出してくれる。食事に関して不満はありませんでした」

船戸は伊香保の話を実に楽しそうにする。楽しいことがたくさんあったのだろう。

「その通りです。勤務時間は長かったけど、イヤだとは思わなかった。お湯も私の身体に合っていたようで一か月で肌がツルツルになりました。いろいろトラブルもありましたが、それも懐かしい思い出です。今思うと夢のような日々でした」

夢のような日々が始まったのは一九八七年三月からだ。

「T屋に来て、ちょうど一年が過ぎた頃でした。風邪を引いたんです。だるいなと思って熱を測ると三九度もありました」

女将はすぐに病院に行くようにと船戸に命じた。が、船戸は行かなかった。

「保険証を持ってなかったからです。それで、自力で治そうと思ったんです」

そんな船戸を見て女将はすべてを察したのだろう。「保険証ないなら、これ使いない」と言って、箪笥の引き出しから健康保険証を取り出した。

「名前は船戸健一、住所はT屋と同じ、生年は私と同じでした」

女将の説明はこうだった。

「この人、私の弟なんさ。私の父が若い愛人に産ませた子なんさ。だから、十いくつも齢が離れてるんさ。何年かここで仕事してたんだけど、失踪しちゃったんさ。今どこいるんかね。でも、いつ帰って来てもいいように保険料だきゃ払ってたんさ。だから、これ使って病院に行ってきない」

船戸は戸惑った。人の保険証を使って大丈夫なのかと思ったのだ。が、人の戸籍や住民票を使って生活している人がいることを思い出し、船戸健一の保険証をもって病院に行った。

そして、この時、船戸は女将にすべてを話した。なぜ、保険証を持っていないのか。なぜ、偽名を使っているのか。

女将は訳ありの人間に慣れていたのだろう。「わきゃない」(群馬弁で「たいしたことない」の意)と言って船戸の手を握った。

14

四月のある日、女将は船戸にこう言う。

「車の免許、取ってくんない。食材の買い出しなんかもやってほしいんさ。あんたも免許あったほうがいいよね」

女将はそう言って自動車教習所のパンフレットと船戸健一の住民票を渡した。

船戸はこの話に飛びついた。

「人生をやり直すチャンスだと思いました」

それで、車の免許だけでなく、調理師、ボイラー技士、造園技能士、旅行業務取扱管理者など、T屋の役に立ちそうな資格を片っ端から取った。

「私が本腰を入れて仕事をするようになったので、番頭さんも喜んでくれました」

またある日、女将はこう言う。

「菜々の家庭教師をやってほしいんさ」

女将には中学三年になる菜々という女の子がいた。この子の家庭教師をやってくれというのだ。

「ここの給料たぁ別に家庭教師代払うからさ」

もちろん、船戸は快く引き受けた。

「あの頃は毎日が楽しかった。菜々ちゃんも志望校に合格して、何もかもが上手く行っているようでした」

が、上手く行けば行くほど、船戸は不安を覚えるようになる。

「私が船戸健一の名前を使っているのを知っているのは女将だけでした。T屋では山崎一生で通していたんです。だけど、どの免許証にも船戸健一と書いてある。番頭や菜々ちゃんは本当の船戸健一を知っています。だから、いつバレるかとヒヤヒヤしました」

そして、船戸は免許証や保険証を見るたびに罪悪感を覚えるようになる。

「私が本名を封印したのは警察から逃げるためです。が、人の名前を使うのも犯罪です。罪がどんどん増えて行く」

船戸は人生をやり直すチャンスだと思い、さまざまな資格を取った。が、逃亡者の境遇から抜け出すことはできなかった。むしろ、深みにはまっただけだった。

「深みと言えば、実はもう一つあります。風邪から復帰して女将さんの家に保険証を返しに行った時、関係を持ったんです」

二人の関係はそれからも続いた。車で買い出しに行くたびに、街道沿いのラブホテルに寄った。

「女将さんも私も独身です。だから、ホテルに行こうがどうしようが問題はない。が、女将さんと船戸健一は姉と弟の関係です。姉と弟では結婚できない。私が船戸の名前を捨てれば結婚もできる。が、警察に捕まったら会えなくなる」

船戸は苦しんだ。そして、女将もまた別の理由で苦しんでいた。女将は父親と絶縁していた。若い女を愛人にしていたことが許せなかったのだ。

「お父《とう》に歳の離れた愛人がいるって知ってから、お父たぁ口ぃ効いてねぇんさ。おおかぁ（群馬弁で「たぶん」の意）、このまま一生、口ぃ効きゃあしねぇと思うんさ。そんなんにぃ、あたしゃぁ十七も年下の男の子とこんなんしてるんさ」

二人の愛と苦悩の日々は永遠に続くと思われた。が、一九八九年の八月、突然、終わりがやって来た。

「飲みに行ったんです。一か月ほど前からT屋で働いていた男と」

男は三十歳の元ボクサー。小柄で剽軽、人懐っこいところのある男で、客のウケはよかった。が、自分より年下の船戸が先輩であるのが気にくわないようで、船戸の指示に従わないことが多かった。

その男が「飲みに行きましょう」と言うので、船戸は付き合った。一度、話し合わなければならないと思っていたからだ。

15

二人はまず居酒屋に行った。

船戸は酒には強い方だ。それまで酒で失敗したことは一度もなかった。が、この日はいつもと違った。居酒屋を出た時には足元がふらつくほど酔っていた。

「帰りましょう」

船戸はそう言った。が、男は聞かない。

「いい子がいるって評判のスナックがあるんですよ。一度、行ってみたいんですよ。先輩、付き合ってくださいよ。お願いしますよ」

年上の人間に「先輩、お願いします」と言われたら無下にもできない。それで、しぶしぶ付き合ったのだが、ここで二人は喧嘩になる。

喧嘩のきっかけを作ったのは男だった。

「うちの女将は美人っすよね。でも、四十過ぎてるんすよね。狙うなら、菜々って娘の方っすかね。高校二年、もう食べ頃っすよね。俺、食っちゃおうかな。食っちゃおうかな」

男がこう言うのを聞いて船戸は切れた。

「いい加減にしろ」

船戸にこう言われて男も切れた。

「なんだと、おまえ、年下のくせに生意気なんだよ」

「あんたは年下相手にしか威張れないのか」

「歳なんて関係ねえ。男は腕で勝負だ。仕事じゃ、おまえが上かもしれないが、喧嘩なら俺の方が上だ。俺はボクシングより喧嘩の方が得意なんだ。やるか、てめえ」

「俺はつまらない喧嘩はしないんだよ。あんたとは違うんだ」

「つまらない喧嘩だと。じゃあ、どんな喧嘩が面白いんだ」

「四年前の秋、一九八五年十一月二十九日、東京の浅草橋駅が燃えたのは知っているか」

「えっ、あー、そんなこともあったたな」

「面白い喧嘩っていうのは、ああいうのを言うんだよ」

「えっ」

「あれをやったのは俺だ。俺は国家を相手に喧嘩してるんだ」

「……」


翌朝、男は寮にいなかった。荷物もなくなっていた。

突然、姿を消す人間はこれまでにもいた。むしろ、きちんと挨拶をして去っていく者のほうが少ない。ここはそういう世界だ。だから、船戸は「いつものこと」と思った。

番頭もそうだった。男が消えたと聞いても驚かなかった。

「彼は長続きしないと思ったよ。しょうがない。また募集をかける」

が、夜、事態は変わる。

船戸が寮に帰った時だった。女将が車でやって来た。

「すぐ荷物まとめて。早く、早く」

女将は焦っていた。スナックのママにこう言われたのだ。

「おめぇんとこの元ボクサー、あれがさっき店に来てさぁ、山崎一生を警察に売るって言ってたんさ。絶対に監獄にぶち込んでやるってさ」

16

「ここから先は面白くありません。長野県の温泉旅館で働いて、そこで知り合った人に実演販売士の派遣会社を紹介してもらい、船戸健一の名前で登録しました。そして、現在に至る、です」

女将とはその後、会ってないのか。

「会ってません。あの日、前橋駅まで送ってもらって、そこで別れたっきりです。逃げ切って。刑務所なんかに行かないで。これが別れの言葉でした」

船戸が時効まで逃げ切れたのは、女将のこの一言があったからだろう。

「あの人には感謝しています。あの人のおかげで船戸健一の人生はあるんですから。でも、私は船戸健一ではないんです。それが問題なんです。本名の私の人生は二二歳で止まっています。では、ここにいる中年の私は誰なのか。草加なのか、山崎なのか。私はいったい誰なんでしょう」

二〇〇九年一月の時効成立によって偽名は不要のものになった。本名を名乗っても逮捕はされない。とはいえ、船戸健一という名前には三十年の歴史がある。この名前で築き上げたものがある。簡単に捨てられるものではない。それで、船戸は苦しんでいたのだ。

「本名に戻るべきなのか。死ぬまでこの名前で生きるべきなのか。それとも新しい名前でやり直すべきなのか。どうしたらいいのでしょう」

湯島駅近くのバーを出た時には深夜の一時を回っていた。春日通りに出て、御徒町駅の方に向かって歩いた。船戸のホテルは御徒町駅の向こう側、昭和通りを渡ったところにあるという。俺は昭和通りまで一緒に歩き、そこでタクシーを拾った。

船戸と会ったのはこの日が最後である。あれから一度も会っていない。メールのやり取りもしていない。何度かメールを送ったが、返事が来なかったのだ。

律儀な船戸がどうしたのだろう。船戸の身に何かあったのか。嫌な予感がした。

船戸は「別件で逮捕されるかもしれない」と言っていた。たしかに、いつそうなってもおかしくない。それが船戸の人生だ。だから、警視庁久松署の伊藤刑事から電話があった時は緊張した。

「武川武《たけかわたける》さんですか。こちらは警視庁久松署です。私は刑事の伊藤です」

「はあ」

「武川さん、船戸健一さんのことでお聞きしたいことがあるんです」

「なんでしょう」

「今、どこにおいでかご存じですか?」

「いえ、知りませんけど」

「最後に船戸さんに会ったのはいつですか?」

警察が船戸を探している。船戸に逮捕令状が出たのだ。とっさにそう思ったのだが、それは早とちりだった。

「いや、そうではないんです。事件に巻き込まれた可能性があるので探しているのですが、船戸さんが巻き込まれたとも考えにくい。といいますか、巻き込まれたのは船戸さんであって船戸さんではないというか、そこがこの事件の難解なところで……」

伊藤の話は要領を得なかった。それで、俺は翌日、久松署を訪ねた。

伊藤は「いやー、参りましたよ」と言って頭を掻きながら話をはじめた。

「一か月前のことです。十思公園に大きなボストンバッグが置いてあって、不審物だと思った住民が警察に届けました。カバンの中を見ると、衣類や洗面道具などと一緒に免許証、保険証、そして、全国のデパートの入館証や名札の束が入っていました。

この入館証の人物がカバンの持ち主だとあたりをつけましてね、まあ、誰でもそう考えると思うのですが、それで、すぐに名札の人物に連絡を取りました。ところがですよ、連絡が取れない。免許証に書いてある住所は派遣会社の住所で、派遣会社の人も行方を知らない。数か月前から連絡が取れなくなっているといいます。

これは、なんらかの事件に巻き込まれた可能性がある。と考えまして、全国の警察に照会しました。すると、和歌山県警から連絡がありました。

船戸健一は昭和六十二年、一九八七年に死亡していると。

そんなバカなと思いましたよ。ですが、向こうは間違いないという。では、この免許証や保険証の持ち主は誰なのか、今、どこにいるのか。なんというか、狐につままれたような話でしてね。

武川さんに電話をしたのは、入館証の束の中に武川さんの名刺があったからなんです」

船戸は「船戸健一」の名を捨てたようだ。彼は今、どこで何という名を名乗っているのか。

【方言監修】清水直子、藤原明尊

第八話　隠れた善行

外堀大学は多くの「革命戦士」「ゲリラ戦士」を輩出した。
しかし、彼らを「戦士」と呼ぶのは一部の堀大関係者だけで、
社会は彼らを「テロリスト」と呼ぶ。
戦士とテロリストは何が違うのか。
戦士はテロをどう見ているのか。

1

日野正彦は電話でこう言った。

「大泉学園駅の北口から練馬区のコミュニティバスが出ている。それに乗れば15分くらいで着く。でも、あのバスは高齢者優先だから、席が空いていても座れない。座っちゃいけないわけではないけど、座ると白い目で見られる。それが嫌なら歩くといい。30分くらいで着く。なーに、しれたも

のだ」

日野にそう言われて大泉学園駅の北口に行った。なるほど、コミュニティバスのバス停には高齢者がずらりと並んでいた。このバスは高齢者の足なのだ。俺は歩くことにした。二月の中旬、暦の上では春。時折、冷たい風は吹くが、日差しは優しい。歩くのもいいだろう。

商店街を抜けて大きな通りに出た。桜並木で有名な通りだ。あと一か月もしたらピンク色のトンネルになる。が、まだその季節ではない。

この通りを北に進むと埼玉県の新座市に至る。車では何度も走ったことのある通りだが、歩くのは初めてだった。歩くといろいろな発見があるもので、この日はブラジリアン柔術の道場を見つけた。今度、時間のある時に見学に来よう。

さらに北に進むと、前方に関越自動車道が現れた。巨大なチューブが空中に横たわっているように見えるので、初めて見る人は、あれはなんだと思うだろう。このチューブの中を大量の車が走っているのだが、音は聞こえない。防音技術がしっかりしているのだ。

関越の下道を西へ向かった。しばらくすると緑のネットが見えてきた。バッティングセンターのネットだ。目的地の喫茶店Bは、バッティングセンターの隣、同じ敷地の中にあった。

青の瓦屋根を架した煉瓦造りの建物。庭には白樺が植えてある。軽井沢や清里にある小洒落たレストランといった雰囲気だ。ここだけを見ると、とても練馬の光景とは思えない。

重いドアを開けて店の中に入ると、奥の席で男が手をあげているのがわかった。日野だ。テーブルの上にはフルフェイスのヘルメットが置いてある。バイクで来たのだろう。

「よっ、武川《たけかわ》。元気そうだな」

「日野、おまえ、渋いな」

「ハハハ、そうか」

お世辞で言ったわけではない。牛革のライダージャケット、シャツのポケットからのぞくレイバンのサングラス、10分の1秒針がついているレーサー仕様の腕時計、西部劇の主人公が履くような皮のブーツ。見事な中年ライダーぶりである。が、最も渋いのはオールバックにしたロマンスグレーの髪だ。俺も五十歳を過ぎてから白髪が増え続けているが、日野は二歩も三歩も先を行っている。人類の幼形成熟化《ネオテニー》が進んでいるのか、最近は、よくいえば若々しい、悪くいえばガキっぽい、そんな五十代が増えたが、日野は昔ながらの中年紳士、古い言葉でいうとナイスミドルだ。

店の雰囲気もナイスミドルの日野に合っていた。内装はダークブラウンが基調、窓が大きく照明は控えめ。コピーライターなら「壁にかけてある柱時計が大人の時間を演出します」などと書くだろう。

「いい店だね。雰囲気がいい。日野はよくここに来るのか?」

「月に一回くらいは来るかな」

「こんな辺鄙なところにある店、どうやって見つけたんだ、ネットか?」

「うちのツーリングクラブに相棒の好きな人がいてね。ここはその人のお気に入りなんだ。ここは相棒のロケ地として有名なんだよ」

日野のいう相棒とは、水谷豊主演のテレビドラマ『相棒』のことである。

「ああ、それで、この店にしたのか」

「そういうことだ。ドラマの話をするならここだと思ってね」

そうだ、俺はドラマの話をするためにここに来たのだ。

三日前、日野は電話でこう言った。

「武川、刑事ドラマのことで相談がある。専門家の意見が聞きたい」

「俺は刑事ドラマに詳しくない。専門家でも何でもない。相談されても困る」

俺がそう答えると、日野はこう言い直した。

「テロリストの出て来る刑事ドラマのことで相談がある。テロの専門家の意見が聞きたい」

2

日野正彦は外堀大学の学友、俺と同じ一九八五年入学で、同じ文学部哲学科にいた男だ。が、黒ヘルの同志というわけではなかった。日野は学生運動とは距離を置いていた。哲学会の勉強会や読書会にはたまに顔を出すのだが、集会やデモには来なかった。ストライキや直接行動にも参加しなかった。

しかし、学生運動に関心がなかったわけではなかった。日野には運動に参加できない事情があったのだ。

日野は高校を卒業した直後に傷害事件を起こし、堀大の入学式が開かれた日は少年鑑別所にいた。文部省(当時)の官僚だった日野の父親は、この息子の不祥事で左遷され、日野の母親は自殺未遂を図り入院した。

「オヤジはエリート、オフクロはお嬢さん育ち。こういうタイプはひ弱なんだ。もし、俺が学生運動にかかわって逮捕でもされたら、間違いなく二人とも自殺だよ。俺も巻き込まれて一家心中になるかもしれない。それで、学生運動には関わらないようにしてたんだ」

日野からこの話を聞いたのは一九八八年十月、黒ヘルと白ヘルの間で緊張が高まっていた時だ。

「武川、俺にも何かやらせてくれ」

ある日、日野がそう言ってきた。学内がピリピリしていて、逃げ出すやつも多かった時期なので、日野のこの申し出には驚いた。それで、「いったい、どうした?」と聞くと、日野はこの話をした。

「そういうわけで、これまでは距離を置いていたけど、もういい。逮捕されてもいい。俺も戦いたい」

この時、日野は四年生。翌年の三月には卒業だ。「このままでは終わりたくない」という気持ちがあったのだろう。

だが、結局、日野の出番はなく、日野は三月に卒業した。そして、卒業式の数日後、日野の母親が亡くなった。

日野はバイク雑誌の編集部に就職が決まっていた。日野は高校時代からのバイク好き。バイクに関係する仕事をするのが夢だった。が、日野はこの会社には行かなかった。母親が「バイクには乗らないで」という遺言を残したからだ。日野はバイクの事故で大腿骨骨折の大怪我をしたことがあり、また、傷害事件も暴走族同士のケンカに巻き込まれてのことだった。それで、母親はバイクを目の敵にしていたのだ。

「生きているオフクロとはケンカができるが、死んだオフクロとはケンカもできない」

日野はそう言ってバイクを処分し、父親のコネで文部省の外郭団体に就職した。

「学校の校長や教頭のための団体だ。堅苦しいところだよ」

日野はそう言っていた。

堀大の人間は卒業してからもちょくちょく学館に顔を出すものだが、日野が学館に現れることはなかった。日野と我々の関係は卒業と同時に終わったのだ。が、「逮捕されてもいい。俺も戦いたい」と言われた時のことは、いつまでも俺の中に残った。あの時、日野は精悍な顔をしていた。あれは戦士の顔だった。

日野と再会したのは三十代の半ばになってからだ。哲学科のクラスメートの結婚式で、「よ、武川、久しぶり」と声をかけられたのだが、すぐには日野とわからなかった。日野の人相が変わっていたからだ。頬はこけ、肌は黒ずみ、白髪が目立つ。

「日野か。すまん。わからなかったよ。おまえ、ずいぶん老けたな。どこか悪いのか？」

「去年、手術をしたんだ。胃を半分とった。学生の頃と比べると10キロ以上痩せたよ」

胃がんだったようだ。

次に日野と会ったのは四十代半ばの時。哲学科の教授の葬式で会ったのだが、日野はさらに老けこんでいて、六十代のような顔をしていた。

日野が変わったのは五十代になってからだ。ある日、日野からフェイスブックの友達申請が来たのだが、そこにアップされている写真をみて驚いた。あの、生気を失い、暗く沈んでいた日野が、生気あふれる中年、ダンディなナイスミドルになっているではないか。

「オヤジが死んだんだ。それで会社も辞めた。今は、教員向けの教材をつくる会社で営業をやっている。元気になったのはバイクに乗っているからだと思う。死ぬ間際にオヤジが言ったんだ。もうバイクに乗っていいぞ。お母さんには、俺があの世で話をしておくってね。もっと早く言ってくれればよかったんだけど、オヤジはオヤジでオフクロに義理立てしてたんだろうな」

父親が死んで日野は一人暮らしになった。結婚はしていない。

「独身主義ってわけではない。機を逸したんだよ。学生運動も機を逸してできなかった。俺っていつもそうなんだ」

3

窓の外の白樺を見ながら、日野は小さな声でこう言った。

「実は、大ゲンカをしちゃったんだ」

「お、おまえ、また傷害事件を起こしたのか?」

「違う。そういうケンカじゃない。口ゲンカだ」

この喫茶店で、『相棒』好きの人と刑事ドラマの話をしていて、テロリストの描き方を巡ってケンカになったという。

「武川はあんまりドラマを見ないようだから知らないかもしれないが、ドラマに出て来るテロリストって、だいたい決まっているんだよ。
一、人の命をなんとも思わないサイコパス
二、自分の理想を押し付ける傲慢なエリート
三、愛する人を失ってやけになった気の毒な人
テロリストといえば、このどれかが出て来るわけだが、これってリアリティがないだろう。こんなテロリスト、本当にいるか?」

俺はテレビをあまり見ない。だから、テレビドラマでテロリストがどう描かれているのかよく知

らないが、日野の言う通りなら、「こんなテロリストはいない」と言うしかない。

「そうだろう。やっぱり、そうだろう。こんなテロリストはいないんだ。俺も堀大にいた人間だ、政治犯とかテロリストは何人も見ている。一緒に酒を飲んだこともある。だけど、こんなテロリストはいなかった。刑事ドラマなんて全部デタラメだ」

日野にとってこの問題はよほど重要なのだろう。日野のボルテージは上がり、手を振り上げ、口角泡を飛ばして話し続けた。

「そもそもだ、ドラマに出てくるテロリストは暗い。どいつもこいつも暗い。しかし、本当のテロリストは違う。俺は生のテロリストを何人も見て来たが、みんな明るかった。陽気で元気で、前向きだった。テロは陽気で元気で、前向きなやつがやるんだよ。もう一つ付け加えるならば、後先考えないやつだ」

日野が堀大の黒ヘルや白ヘルのことを言っているのなら、たしかにその通りである。俺がいた頃の学館は火薬庫のようなところで、しょっちゅう事件が起きていたが、事件を起こすのは、陽気で、元気で、前向きで、後先考えないやつと決まっていた。

「武川、ありがとう。おまえは俺の味方だ。理解者だ」

日野は目に涙を浮かべていた。賛同を得られたことが、よほど嬉しかったのだろう。

それにしても、日野がこんなテロリスト観を持っていたとは思わなかった。学生時代、日野は黒ヘルや白ヘルを観察していたのだ。運動の内部にいた俺には見えなかったことも、日野には見えていたのかもしれない。

「日野のテロリスト論は間違ってないと思うけど、それを否定されてケンカになったのか？」

日野は頷いた。

「こう言われたんだ。テロリストは陽気だなんて絶対にウソだと」

「……」

「テロは物陰から石を投げる行為。陽気な人がそんな卑怯なことをするわけないと」

「それで、なんて答えたんだ？」

「ぐうの音も出なかったよ。言われて見ればその通りだ」

「そうか……」

日野は堀大にいただけあって、テロリストのことをよく知っている。が、日野自身は活動家ではない。だから、テロの現場、実力闘争の現場には立ち会っていない。だから、そう思うのだろう。

「なあ、日野、さっき、刑事ドラマなんて全部デタラメだって言ってたよな」

「ああ、言った。実はその一言からケンカになったんだ。言いすぎたとは思っている」

「刑事ドラマにも真実はあるよ。ほら、ドラマに出てくる刑事って、容疑者と話をした後、帰り際にこう言うよな。最後にもう一つだけいいですかって。あれは、本物の公安刑事もやる」

「へー」

日野は目を丸くした。

「それは知らなかった。あの、最後にもう一つだけってやつは刑事ドラマの定番だよ。『相棒』の右京さんもやるし、古くは刑事コロンボもやっていたけど、現実の公安もやるんだ」

「うん、やる。俺のところに来た公安もやった」

「いつの話だ?」

俺はこう答えた。

「公安が来たのは一九九五年三月三十日。警察庁長官が狙撃された日だ」

4

警察庁長官が荒川区南千住の自宅マンション付近で狙撃されたのは三月三十日の朝、八時三〇分頃。公安警察は事件発生直後から活動家の「所在確認・行動確認」を始めたようで、当時、俺が住んでいた江古田にも公安刑事が現れた。

この日の昼頃、アパートに向かって歩いているときだった。物陰から男が二人、さっと現れて、俺の前に立ちはだかった。一人は小柄な中年の男、もう一人はガタイのいい若い男だった。

「武川さん、ちょっと話を聞きたいんですけど。そんなに時間は取らせませんから」

中年の男はそう言いながら、胸の内ポケットから警察手帳を出した。若い男は俺を威圧するように、指をポキポキと鳴らした。

「これは逮捕ですか?」

「いえ、違います。ちょっと話を聞きたいだけです。でも、逮捕することも可能ですよ。逮捕する理由ならいくらでもありますから」

これぞ、国家権力だ。こう言われたらどうしようもない。しかし、あっさり従うのも癪だ。形だけでも抵抗するか。そんなことを考えていると若い方が肩を怒らせてにじり寄ってきた。何かを察したのだろう。

「武川さん、時間は取らせませんよ。平和的に行きましょう」

平和か。いい言葉だ。よし、平和のために話し合いに応じよう。

「わかりました。家は散らかってますから、駅前の喫茶店に行きましょう」

俺たちは無言で駅に向かい、無言で喫茶店に入った。

ウェイトレスはランチのメニューを持って来たが、俺たちは飲み物だけを注文した。

「武川さん、何度か電話したんですけどね。なかなか掴まらないんで、来てみたんですよ」

「そうですか」

まだ携帯電話のない時代である。

「今朝は、どこに行っていたんですか?」

「家にいましたよ」

「しかし、電話には出なかった」

「何時頃の話ですか?」

「ええと、八時五〇分、九時一〇分、九時三〇分……」

警察は電話をかけた時間をすべて記録していた。

「あの、電話に出ないってそんなに問題なんですか。居留守罪なんて聞いたことないけど」

「いえね、その時間、家にいなかったのなら、どこにいたのかと思いましてね」

「ああ、そういうことですか。その時間はファミレスのJで朝飯を食っていましたよ」

男はメモ帳にペンを走らせた。

「朝食はいつもJでとるんですか?」

「ええ、まあ、たまに」

「それから?」

「それから、それから。あー、哲学堂に行きました」

「哲学堂ですか。Jからだと、けっこうありますね」

「そうですね。四十分くらいかかったかな」

「哲学堂には何をしに」

「散歩ですよ」

「いつも哲学堂まで散歩するんですか」

「いえ」

「では、どうして今日は哲学堂に？」

特に理由なんてない。足がそっちに向いただけだ。こんな質問に意味があるのか。平和のために穏やかに話そうと思っていたが、だんだん腹が立ってきた。が、ここで暴れても逮捕されるだけだ。俺は「忍」の字を思い浮かべた。

「たまたまですよ」

「そうですか。他にどこか行きましたか？」

「図書館に寄りました。それで、図書館から帰る途中、二人組の男に拉致されました」

「えっ」

「いや、冗談ですよ」

公安は笑わなかった。

「どこの図書館ですか？」

「K町の図書館です。あっ、図書館に行く前にコーヒー豆を買いました。Aってお茶屋さんです」

「Aですね」

「これがAで買ったコーヒー豆です」

俺はコーヒー豆を紙袋から出してテーブルの上に置いた。

「あのー、武川さん、レシートはありますか」

財布の中を見るとレシートが二枚あった。お茶屋のAとファミレスJのレシートだ。二枚のレシートをテーブルに出すと、若い方がその内容をメモ帳に書き写した。まだ写メのない時代である。

「ファミレスの方は八時四三分です」

若い男がそう言うと、中年の男の表情が緩んだ。事件発生は八時三〇分頃。こいつではないと思ったのだろう。

「武川さん、お時間とってすみませんでした。一応、ファミレスと図書館とお茶屋の裏はとっておきますので」

男はそう言ってメモ帳をポケットにしまった。

「あの、長官の事件のことはお茶屋さんで知りました。店主が大騒ぎしてたんで。オウムがやったんじゃないんですか?」

「武川さん、何か知ってるんですか?」

「いえ、何も。ただ、お茶屋の店主が、オウムだ、オウムだと騒いでいたんで」

「そうですよね。私もそうじゃないかと思っています。でも、捜査方針を決めるのは上の方ですから。私たちは目の前のことをやるだけですよ」

「では、オウムの捜査にはかかわってないんですか」

「いやいや、総動員ですよ。上九一色村にも行きました。こないだのガサ入れの時。あの辺りは富士山の噴火の名残なのか、白い石がゴロゴロ転がっていましてね。ああいう事件があった後なんで、白い石が白骨に見えて、気分が悪くなりました」

話が長くなりそうだったので、俺はコーヒー代をテーブルに置いて席を立った。

「では、今日はこのへんで」

公安刑事が「武川さん、最後にもう一つだけいいですか」と言ったのはその時だ。

「沢田慶一さんと最後に会ったのはいつですか?」

この時、俺はどんな顔をしていたのだろう。たぶん、ポカンと口を開けていたと思う。「最後にもう一つだけ」は、こっちが警戒を解いた時に来るので虚を突かれる。だから、ついつい本音が出てしまう。右京さんや刑事コロンボが「最後にもう一つだけ」をやるのは、この効果を狙ってのことだ。

「えー、あー、沢田さんですか。ええと、いつだろう、去年の夏、八月だったかな。はっきり覚えてません」

「沢田さんの今の住所はわかりますか。所沢にはいないようなので」

沢田の実家は埼玉県の所沢市にある。が、この頃、沢田は田無市(現、西東京市)に住んでいた。公安はそれを知らないようだった。

「ご存じと思いますけど、あの人、一年の半分以上は海外ですから、今も外国にいるんじゃないのかな」

「そうですか。どうもありがとうございます。こちらで探してみます」

5

沢田慶一は堀大の先輩、ＧＫの創設メンバーの一人である。一九八〇年四月に入学し、八四年三月に卒業しているので、八五年入学の俺とはすれ違いだ。しかし、卒業後もＧＫの活動に関わっていたので、よく知っていた。

学生時代の沢田は武闘派で知られ、「ＢＢＳＰといえば沢田、沢田といえばＢＢＳＰ」と言われていた（注▼ＢＢＳＰとは、爆竹とバルサンとスプレーとペンキを持って試験会場に乱入し、実力で試験を粉砕する闘争形態をいう）。

堀大を卒業してからの沢田のあだ名は国際部長。沢田がこう呼ばれるようになったのは、商社に就職し、しょっちゅう海外に行っていたからだ。

沢田は外国に行くと、そこから「国際部通信」を送って来た。海外の情勢、国際政治の動向を伝える沢田のレポートは「これを読むと世界革命をやってる気になる」と評判だった。沢田はＧＫの世界革命路線を象徴する人物だったのだ。

さて、警察庁長官が狙撃された日、俺は公安に、沢田と最後に会ったのは去年の八月だと答えた。が、これは記憶違い、というかウソだった。実は沢田とは一週間前にも会っていた。夜、沢田が俺のアパートに来たのだ。

「地下鉄サリン事件があって、学生たちは動揺してるだろう。大丈夫か？」

この時、沢田は三十代の半ば。学生とは歳が離れている。それで、中間世代の俺に学生たちの様子を聞きに来たのだ。

「動揺はしてますけど、しっかりもしてますよ。無差別テロは支持しない。違法捜査は容認しない。この二つを確認したと言ってました」

「そうか。それならいい。しかし、違法捜査も問題だが、警察の問題はそれだけじゃない。地下鉄にサリンを撒いたのがオウムだとすると、松本の事件もオウムの仕業だ。ところが、警察は見当違いな捜査で、罪のない人を犯人に仕立てあげた。あの時、オウムを徹底的に調べていれば地下鉄の事件はなかった。あの事件は防ぐことができたんだ。警察の責任は重大だ」

この日、沢田はしきりに警察の失態について語った。

狙撃事件の次の日、救援連絡センターの弁護士から電話があった。

「沢田慶一さんが逮捕されました。今、選任を受けたところです」

翌日、俺は弁護士の事務所を訪ねた。

「罪状は免状等不実記載です。沢田さんは今、田無市にお住まいですが、住民票は実家のある所沢市のままだった。それで、逮捕されたんです。しかし、住民票の移動は私の方でやっておきましたから、この件での起訴はないはずです。でも、他の罪状で再逮捕されるかもしれません」

「というと？」

「警察庁長官狙撃事件ですよ。具体的な供述はしてないようですが、犯行を認めているようなんです。松本サリン冤罪の責任を取らせたと。驚きましたよ。まさか、こんな大事件を担当することになるなんて」

弁護士は興奮していた。俺も言葉が出なかった。

事件の一週間前、沢田は俺の家に来て、警察批判を展開した。あれは「長官を殺るぞ」という決意表明だったのか。

長官は銃で撃たれた。外国暮らしの長い沢田は銃の扱いに慣れている。南米で暮らしていた時は、銃を携帯していたと言っていた。

長官狙撃は沢田がやったのか。だとしたら大変なことになる。俺のところにもマスコミが来るだろう。

ところが、その二日後、沢田は釈放された。なんと、沢田にはアリバイがあったのだ。

沢田の住んでいた田無のマンションの一階には喫茶店があって、沢田はその喫茶店の常連だった。毎朝八時に現れ、モーニングを食べながら、朝刊に目を通すのを日課にしていた。

長官が狙撃された日の朝も、沢田はこの喫茶店で新聞を読んでいた。店のマスターと常連客がそう証言したのだ。

では、なぜ、沢田は犯行をほのめかすようなことを言ったのか。

放免祝いの席で俺がそう聞くと、沢田はこう答えた。

「警察は不実記載で逮捕したくせに、不実記載の話はまったくしない。三十日の朝のことばかり聞いてくる。明らかに別件逮捕だ。それで、そんなの関係ないだろうと突っ張っていたんだが、ふと、寺岡修一のことが心配になったんだ。あいつも逮捕されたんじゃないかと」

寺岡修一もGKの創設メンバーの一人である。沢田が寺岡の心配をしたのは、一九八七年五月三日、朝日新聞阪神支局襲撃事件が起きた時、寺岡の家に家宅捜索が入ったからだ。公安は寺岡を「赤報隊の一味」と見ていたのだ。赤報隊は右翼、寺岡は左翼。両者の主張は正反対だが、寺岡は「ブルジョア・マスコミ嫌い」で有名で、警察はそこに赤報隊との共通点を見たようだ。

「それで、公安に聞いたんだ。寺岡も逮捕したのかと。そしたら、赤報隊事件と今回の事件は全然違う、今回の事件に寺岡は関係ないという。赤報隊は丸腰の民間人を相手に散弾銃をぶっ放す。寺岡ならそういうこともやりかねない。が、寺岡に要人テロはできない。警察はそう見ていたんだよ。ということは、俺は要人テロのできるタイプ、ゴルゴ13タイプだ。これって名誉なことだよな。それで、よし、この話に乗ってやろうと思ったんだ。長官狙撃事件の犯人として手記を出せばベストセラー間違いなし。国家権力と戦った団体としてGKも有名になる。寺岡も武川もみんな喜ぶ。悪くない話だろう」

沢田は留置場の中でこんなことを夢想していたのである。俺はあっけにとられた。この人はなんて明るく、前向きなんだろう。

しかし、どうなのだろう。丸腰の人間に散弾銃をぶっ放す男よりもゴルゴ13の方がカッコいいというのはわかる。しかし、カッコがよかろうが、技術が高かろうが、物陰から石を投げる行為であることに変わりはない。これでいいのだろうか。

俺の疑問に沢田はこう答えた。

「タイガーマスクや足長おじさんは正体を明かさない。正体を明かさずにプレゼントを贈ったり、奨学金を送ったりする。テロも同じだ。善行とは隠れてやるものなんだ」

6

日野は雷に打たれたような顔をしていた。

「テロリストって、そんな風に考えてるんだ。タイガーマスクが子供達にランドセルを贈るように、テロリストは悪いやつに爆弾を送りつけているのか。そうか、これは勉強になったよ。武川、ありがとう」

日野は嬉しそうだったが、俺も嬉しかった。俺のテロに関する専門知識がこんな風に役に立つとは思わなかったからだ。

帰り際、俺は日野にこう言った。

「日野、最後にもう一つだけいいか」

日野は振り向いた。

「その『相棒』好きの人は、おまえの恋人なのか？」

日野はしばらく考えて、こう答えた。

「機を逸さないようにするよ」

第九話　空席

革命家になると、それまでとは違う人生が始まる。行動範囲、交友関係、生活習慣のすべてが変わる。が、人生が変わるのは革命家本人だけではない。

　家族の人生も変わる。革命家の家族は、自分の人生を変えた人間をどう見ているのだろうか。

1

　小平駅北口の階段を降りると、やたらと幅の広い通りに出る。中央分離帯のある堂々たる通りである。

　近くにある小平高校の学生たちは、この通りを「ひんやりロード」と呼んでいた。両脇に並ぶケヤキの大木に陽の光が遮られ、夏の昼間でも薄暗く、ひんやりしているからだ。通りに沿って並んでいる石材店のどっしりした佇まいや、店頭に置かれた暮石や石柱も、ひんやり効果を高めている。石材店が並んでいるのは、この通りが小平霊園の参道だからだ。

小平霊園は小平市、東村山市、東久留米市の三市にわたる東京都立の墓地公園。約65ヘクタール、東京ドーム14個分の広大な面積をもつ。管理事務所の住所は東村山市萩山町だが、最寄駅は小平市の小平駅である。

小平高校は駅の南側にある。四十年前、俺が通っていた学校だ。

時計を見ると十二時三十分。約束の時間まで余裕があった。俺は踏切を渡って駅の南側に出てみた。

南口の正面には巨大なマンションが建っていた。昔はなかったものだ。が、他の部分はあまり変わっていなかった。駅前のロータリーは昔のまま。その周りの建物も昔のまま。高校時代によく行った喫茶店「コロラド」は「永田珈琲」になっていたが、喫茶店であることに変わりはない。他も同じで、商店街の店は入れ替わっていたが、建物の位置や交差点の角度、道の曲がり具合など、街の輪郭は変わっていなかった。

この日はバスで田無駅に出て、そこから西武新宿線で小平に来たのだが、田無の駅前はすっかり変わっていた。街の輪郭そのものが変わっていたのだ。

が、小平はそうではない。変わったところもあるが、大きなところは変わっていない。

パラレルワールドをテーマにしたアメリカのテレビドラマを思い出した。このドラマの登場人物はもう一つの世界で、もう一人の自分と遭遇する。もう一人の自分の住むもう一つの世界は、自分の住む世界と微妙に違う。街の輪郭は同じなのだが、どこかが違う。小平駅の光景はそれに似ている。

もう一つの世界、もう一つの人生は誰でも夢見たことがあるだろう。しかし、もう一つの世界がこっちの世界よりもいい世界なのか、あっちの自分の方がこっちの自分よりも幸せなのか、それは誰にもわからない。自分が自分であるかぎり、どこの世界でも同じ生き方をするのかもしれない。

そんなことを考えていると、つむじ風がヒュンと吹き、あたりが暗くなった。頬に冷たいものが当たった。天気予報は「夕方から雨」と言っていたが、早まったようだ。

2

この日、小平を訪れたのは尼子一道《あまこかずみち》の一周忌に参列するためだった。

一道は俺より六つ年上の一九五八年生まれ。小平市で生まれ育ち、小平高校から外堀大学に進んだ男である。俺にとっては高校の先輩であり、大学の先輩でもある。というと、親しい仲だったように思えるが、俺がこの人物を知ったのはつい最近で、生前の一道には一度も会ったことがない。

一周忌に参列するのは家族、親戚、特に親しかった友人と相場が決まっているが、そのどれでもない俺が参列することになったのは、小平高校時代の同級生、吉永佳道《よしながよしみち》に頼まれたからだ。

三か月前、佳道から電話があった。

「武《たける》、相談に乗ってほしいことがあるんだ」

「どうした?」

「兄貴の一周忌をやろうと思っているんだ」

「え?」

「去年、死んだんだ。だけど、葬式をあげてないんだよ。それで、一周忌をやりたいんだけど、いろいろ問題があって…」

俺は戸惑った。佳道に環《たまき》という姉がいることは知っていたが、兄のことは知らなかったからだ。

「兄貴って、環さんの旦那さんってことか?」

「そうじゃない。実の兄だ。すまん、今、大丈夫か。話が長くなりそうなんだが……」

電話で話すことでもなさそうだ。

「明日は空いてるか?」

「うん」

翌日、俺たちは新宿の居酒屋で会った。

佳道は一杯目のビールを飲み干すと、机の上に一枚の紙を広げた。

「兄貴の遺言状だ。問題はここだ」

佳道の指したところには「葬式は不要、一切の宗教行事を拒否する」と書いてあった。

「それで、葬式をあげなかったのか」

「コロナのこともあったし、遺言に背くのは気が引けて。でも、やっぱり、家族のけじめとして何かしたい。何かしないとすっきりしないいんだ」

葬式は故人のためだけでなく、遺族の気持ちの整理のためにも必要だという。だから、何かしたいというのはわかる。しかし、なぜ、俺にそんな話をするのか。俺は坊さんでも何でもない。

「うちの兄貴、極左だったんだ。武はそっちの方面に詳しいだろう。それで、おまえの意見が聞きたいんだよ」

一道はマルゲリ(マルクス主義者同盟ゲリラ戦貫徹派)の活動家だったという。なるほど、だから俺なのか。

3

俺の名前が「上から読んでも武川武《たけかわたける》、下から読んでも武川武」というおかしなものになったのは、小さい頃、両親が離婚して姓が変わったからだ。はじめからこうだったわけではない。俺の親も俺が生まれた時点では、将来、離婚することになるとは思ってなかったのだろう。

俺がそうなので、小平高校の生徒名簿で「吉永佳道」という名を見た時は、おっと目が止まった。「よし」と「よし」が重なっているが、はじめからこうだったわけではないだろう。両親の離婚によってこうなったのだろうと思ったのだ。

佳道とは気が合って、すぐに仲良くなったが、このことには触れたことがなかった。立ち入るべきではないと思っていたからだ。が、ここに来て、苗字の違う兄が出て来たので、俺は長年の疑問をぶつけた。

「そうだよ。吉永佳道になったのは高校に入った時だ。中学までは尼子佳道だった。苗字が変わったんで中学時代の友達は驚いていたよ」

俺の読みは当たっていた。が、当たったのは半分だけだった。

「兄貴が殺人事件を起こしたんだ。それで苗字を変えた」

事件が起きたのは一九七八年十二月。佳道はその日のことを鮮明に覚えていた。

「学校から帰るとスーツを着た人が来ていた。弁護士の先生だという。大学生同士の乱闘事件があって学生が二人死んだ。兄貴も現場にいたようで、今、警察で事情聴取を受けている。ケガはしていない。そんな説明だった。親父とおふくろは青ざめていた。姉貴はボストンバッグに服を詰め込んで、友達の家に行くと言って出ていった。夜には親戚が集まってきて親族会議になった。内ゲバだ、マルゲリだ、マル革だって知らない言葉が飛び交って、俺には何がなんだかわからなかった」

マル革は、当時、マルゲリと戦争状態にあったマルクス主義者同盟革命党建設派のことだ。中学生の佳道が知らなくても無理はない。

「とにかくみんな、兄貴がマルゲリだと知って驚いていたよ」

この頃、マルゲリはしょっちゅう内ゲバ殺人事件を起こしていた。メディアはその凄惨さ、残虐ぶりをさかんに報じていた。マルゲリの名は「狂気の集団」「殺人鬼の集団」として知れ渡っていた。一道がそんな組織のメンバーだと知った時の驚きは相当なものだっただろう。

「親父は放心状態。おふくろは寝込んだ。姉貴は家に帰って来なくなった。仲間を殺されたマル革が復讐に来ると思ったみたいだ」

一道は起訴され、裁判が始まった。弁護士は不利な裁判だという。証拠も証言も揃っているので有罪は動かない。執行猶予がつくかどうかだと。

「親父とおふくろは必死だったよ。裁判の傍聴に行くのはもちろん、殺された学生の遺族のところに謝罪に行ったり、ツテを頼って政治家に会いに行ったり、嘆願書を書いてもらうと言って小平高校の教師や外堀大学の教授の家も回っていた。兄貴の裁判が最優先で、仕事そっちのけだった」

が、その甲斐もむなしく、一道は刑務所に送られた。執行猶予がつかなかったのは、一道が反省の色を見せず、被害者の遺族への謝罪も拒否したからだ。この乱闘事件ではマルゲリの学生も死んでいる。その学生は一道の親友だった。親友が殺されたのに謝罪なんてできるか。一道はそう思ったのだろう。

「裁判が続いているうちまだよかったんだ。だが、判決が出て、火が消えた。親父はほとんど口を効かなくなった。テレビも見なければ新聞も読まない。暇さえあれば般若心経の写経をやっていた。おふくろは引き籠って家から出なくなった。近所の人と顔を合わせるのがいやだったのだろう」

一道の事件は新聞に載ったが、学生同士の問題だったからか、個人名は出なかった。だから、近所の人たちに一道の逮捕は知られていなかった。

「ごまかすのは大変だった。一道くん、最近、見ないねって言われたら、海外留学していますと答えることにしていた。ずいぶんウソをついたよ。高校に入ってからは、兄貴がいることも隠していたし」

姓を「尼子」から「吉永」に変えたのも一道との関係を隠すためだ。

「人殺しの弟だとわかると、将来、何かと不利になる。親戚にそう言われてね。姉貴はずいぶん抵抗したよ。かえって変な目で見られるとか言って。だけど、人殺しの妹だとバレたら結婚できなくなるぞと脅されて、しぶしぶ同意した」

4

高校時代の佳道は、群れに入らない、一匹狼的なところのある男だった。俺も集団行動が苦手だったので、遠足や修学旅行では、あぶれ者同士、よく行動を共にしたのだが、佳道が群れと距離を置いていたのは秘密を抱えていたからだったのだ。

小平駅の北口に出て、ひんやりロードに入ると雨は一段と強くなった。墓参りにはふさわしくない天気だ。この雨は「墓参りなんてするな」という一道のメッセージではないのか。佳道ならそう言うだろう。

新宿の居酒屋で会った時、佳道は遺言状の「葬式は不要、一切の宗教行事を拒否する」の部分をさかんに気にしていた。

「俺はちゃんと坊さんを呼んで供養してやりたいんだ。じゃないと成仏しないような気がするんだよ」

「でも、宗教行事はNGなんだろう？」

「俺にはこの遺言が兄貴の本音とは思えないんだよ。大学生になる前は普通に初詣にも行っていたし、じいさんやばあさんの墓参りもしていた。法事の時、俺や姉貴がふざけていると、こういうところでふざけてはいけないって本気で怒っていた。兄貴は信心深い人間なんだ」

信心深いのは佳道ではないのか。が、これは気持ちの問題だ。議論して解決するようなことではない。

「佳道、おまえが喪主だ。おまえの好きにしていいと思うよ」

「そうか。武は賛成してくれるか。しかし、坊さんを呼ぶと遺言に反することになる。そんなことをしていいのか」

「でも、遺言は本音じゃないいんだろう」

「俺はそう思う。だけど、確信があるわけじゃない」

こんな会話が続いた。ちゃんと供養したいという気持ちも、遺言を守りたいという気持ちも出所は同じだ。どちらも兄を思えばこその気持ちだ。一道は罪な遺言を残したものだ。

姉さんはなんて言っている？

「姉貴はアメリカ人と結婚して向こうに住んでいる。兄貴が死んだ時、連絡はしたんだけど、相続は放棄するって手紙が来ただけだ。兄貴のことで酷い目に遭っているから、関わりたくないんだろう」

佳道の姉、環のことはよく知っている。同じ空手道場で一緒に稽古をした仲だ。あの頃、俺は高校生、環は美大の学生だった。

「武くん、手加減しないで本気で来て。手加減されると練習にならないから」

組手の時、環はいつもそう言った。環も本気でかかってくるので、環との組手はいつも緊張した。ある時、空手を始めた理由を聞くと、環は思いつめたような顔をして「身を守るため」と答えた。環はマル革派の復讐を恐れていたのだろう。

「姉貴は親父の葬式にも来なかった。兄貴は寺の前まで来たけど、中には入らず、一礼して立ち去った。兄貴なりのこだわりがあったんだろう。だけど、寺の前までは来たんだ。きちんと黒い服を着て。中には入らなかったが、心の中では手を合わせていたはずだ」

お父さん、亡くなったのか。

「うん、十年前」

お母さんは?

「おふくろは施設に入っている。認知症が進んでね。兄貴のことは覚えてない。産んだことすら覚えていない。俺のことも誰だかわかっていない。そんな調子だから、兄貴が死んだことは伝えてない」

俺もマルクス主義者の端くれだ。だから、運とか因縁とか、そういう話はしたくない。だが、家族運というものがあるとしたら、佳道のそれはかなり悪い。にもかかわらず、佳道は家族のけじめとして何かしたいという。

「兄貴とは疎遠な関係だったが、何かしてやりたいんだ。刑務所に行ったり、いろいろ苦労した人だから」

佳道の熱が伝わってきて、こっちも体が熱くなってきた。

「佳道、一道さんはマルクス主義者だ。マルクス主義は唯物論だ。だから、遺言に背いたところで化けて出ることはない。万が一、化けて出て来たら俺が何とかする。佳道、坊さんを呼べ」

5

小平霊園の正門まで行くと、管理事務所の前に黒い服を来た男たちが集まっているのが見えた。

十人くらいだろうか。袈裟を着た僧侶もいる。

「武、よく来てくれた。ありがとう」

佳道が駆け寄って来た。

「急に降って来たな。でも、祟りじゃないから安心しろ」

「大丈夫だ。腹はくくった」

集合時間の午後一時になると、佳道は「よし」と気合を入れて挨拶を始めた。

「本日はお足元の悪い中、ご参会くださり、ありがとうございます。全員お揃いですので、これより、兄、尼子一道の墓に向かいます。こんな天気になりましたが、導師もやりましょうと言ってくださいました。

小平にゆかりのある皆様はご存じと思いますが、この小平霊園は大変広いところでございまして、尼子家の墓はこの霊園の一番端にあります。前回、ここに来た時、万歩計で測りましたら900メートルありました。

ここは緑豊かなところで、ケヤキ並木、サクラ並木、雑木林といろいろあります。天気のいい日は絶好の散歩コースですが、今日はこの雨ですから、厳しい行軍になるでしょう。まあ、そこは覚悟を決めていただいて…」

管理事務所の中に入っていた僧侶が白いポンチョを被って出て来た。巨大なテルテル坊主のように見えた。この僧侶が一緒なら雨も止むだろう。

佳道の挨拶が終わると雨の中の行軍が始まった。先頭はテルテル坊主と佳道。俺はしんがりを務めた。
しばらくすると懐かしい歌が聞こえてきた。小平高校第二校歌だ。

小平高校どこにある
小平霊園のちょいと外れ
粋な学生がいるとゆう
一度は通ってみたいもの

第二校歌は学校公認の校歌ではなく、学生の間で先輩から後輩へと歌い継がれてきたもので、俺も佳道も知っている。今日の参列者は、一道の中学時代の友達と小平高校時代の仲間。歌っているのは小平高校組だ。二番、三番は俺も声を張り上げて歌った。

腰のカバンにすがりつき
ついて行きたいどこまでも

雨の中、黒い傘を目深にさしてとぼとぼ歩いていた集団が、一転して賑やかな集団になった。

なくなった。

「小平高校の歌なんですか」

「ええ、第二校歌なんです」

高校組と中学組も打ち解け、そこかしこで一道の思い出話が始まった。話は弾み、雨も気にならなくなった。

みんなの話を聞いていて、新宿で佳道が言っていたことを思い出した。

「高校までの兄貴はかっこよかったんだ。生徒会長をやったり、陸上部のキャプテンをやったり、俺には自慢の兄貴だった」

一道は陸上部のスター選手で、体育系の大学から誘われていた。が、一道は誘いを断り、一般入試で外堀大学に入る。

「あの時、体育系の大学に行って、体育の先生か何かになっていればよかったんだ。そうすれば俺の人生も姉貴の人生も違うものになっていた。あそこで道を間違えたんだ」

元の道に戻るチャンスはなかったのか。

「一度あった。兄貴が刑務所から出て、うちに帰って来た時だよ。あの時、兄貴は二九歳。親父に、おまえはまだ若い。人生をやり直せって言われて、兄貴は頷いていた。だけど、結局、半年くらいで出て行った。死んだ同志のぶんも戦うと言って」

一道がマルゲリに入ったのは一九七七年。マル革派との内ゲバが激しかった頃だ。

俺が堀大に入ったのは一九八五年。俺も学生時代はマルゲリといろいろとやりあったが、命を取ろうとは思わなかった。むしろ、そこまでエスカレートしないようにするのがリーダーの役目だと思っていた。が、一道の世代は違う。あの世代は本気で殺し合いをやっていた。だから、あの世代の活動家は多くの死を背負っている。

「うちが崩壊したのは、あれからだ。それまでは、きっと元通りになる、また昔のように暮らせるとみんな思っていた。だけど、あれから兄貴の話はタブーになった。みんな、兄貴のことは忘れたような顔をしていたよ」

一年が過ぎ、二年が過ぎても一道は帰って来なかった。家族は一道の帰りを待つのをやめた。が、一道の座っていた椅子はあるじの帰りを待ち続けた。

「兄貴がいなくなって空席ができたんだ。その空席が主張するんだよ。ここに兄貴がいた、ここは兄貴の場所だって。空席って目立つんだよ。気にしないようにしても、どうしても目が行く」

6

尼子家の墓は小平霊園の東の端にあった。俺たちは墓の前に並んだ。墓の向こうは樹林。その向こうは新青梅街道。雨の中を走る車の音が聞こえてきた。

僧侶の読経が始まった。それが天に届いたのか、雨はだんだん小降りになり、辺りが明るくなってきた。修羅の世界を生きた一道の心が、だんだん穏やかになっていく。そんな風に思えた。

チーンとりんが鳴り、読経が終わった。

「導師、ありがとうございました。それでは、お一人ずつお焼香をお願いします。線香は雨で無理かと思っていましたけど、止みましたね。導師の法力のおかげです。では、私から……」

佳道は墓の前で手を合わせると、一道にこう呼びかけた。

「兄貴、遺言は破ったけど、怒ってないよな。兄貴と親しかった人がこんなにたくさん来てくれた。みなさんに別れの挨拶をしてくれ」

7

雨上がりの小平霊園はきらきらと輝いていた。行きは雨の中の行軍だったが、帰りはピクニック気分だった。

「みなさん、会食の席を用意しています。あと少し、頑張って歩きましょう」

「おー」

みんな、晴れやかな顔をしていた。

「武、いろいろありがとう。おかげで気がすんだよ」

「佳道、いい一周忌だった。しかし、ここまでしてもらえるなんて、一道さんはいい兄貴だったんだな」

「とんでもない。親父のことも おふくろのことも俺に押し付けて知らん顔していたひでえ兄貴だよ」

「そうか」

「でも、親父が死んだ後、久しぶりに二人で話をして、責めてもしょうがないって思ったんだ」

父親の葬儀の後、佳道は一道に会った。親父の残した家は処分するが、それでもいいかというためだ。一道は、俺に何かをいう資格はない。相続は放棄するから、佳道と環の好きにしてくれと答えた。

「その時、空席の話をしたんだ。空席のある家で過ごすのは、いいもんじゃなかったよって」

一道は佳道の話を聞くと、ばつが悪いという顔をしてこんな話をした。

「四年前、うちの組織は分裂した。中央と関西が対立して分裂したんだが、中央からはさらに大量の離脱者が出た。会議に行ったら空席だらけでびっくりしたよ。俺の人生はこの連続だった。同世代の同志はほとんど残っていない。俺は空席に囲まれている。だから、佳道の気持ちはわかる。俺の場合は自業自得だが、佳道や環には申し訳ないことをした」

8

小平霊園を出ると、俺たちはひんやりロードを通って小平駅北口の割烹料理屋に向かった。この店の看板は高校時代に何度も見ている。が、入るのは初めてだった。

「武、今日は大いに飲もう」

「おう」

「兄貴の分も入れて十二席用意してある。兄貴の席には遺影と位牌を置くから、空席はなしだ」

活動家のケガにまつわる話

スポーツ選手の回顧録には必ず「ケガに泣いた時の話」が出てくる。
これがけっこう胸を打つ。文学的なのだ。
スポーツにケガはつきもの。
長く選手を続ければ必ずどこかでケガをするのだが、
我々の世界では弾圧や粛清がそれにあたる。
活動家のケガにまつわる話をいくつか紹介する。

救カード

弾圧があるとカップルが誕生する。これは都市伝説でもなんでもない紛れもない事実であり、カップルが誕生する理由もはっきりしている。救カードの「逮捕された時に連絡をとってほしい人欄」が告白欄として機能するのだ。

救カードとは、救援活動を行うときの基礎情報になるもので、活動家は闘争に参加するとき、救カードに諸々を書き込み、救対はそれを見て救援活動を進める。一九八〇年代、H大の活動家が使っていた救カードには、「親との関係欄」「バイト先への言い訳欄」などさまざまな欄があった。この「親との関係欄」に書いてあることを読むと、その人間がなぜ活動家になったのかがわかったりするのだが、我々が最も重きを置いたのは、「逮捕された時に連絡をとってほしい人欄」である。

この欄には誰の名前を書いてもいいことになっている。友人でもゼミの先生でも親戚のおじさんでも何でもいい。が、そういう人の名前を書く者はまずいない。みな、「好きな人」の名前を書く。

当たり前だ。「逮捕された時に連絡をとってほしい人は?」と問われたとき、思い浮かぶのは好きな人の顔だ。だから、好きな人の名前を書く。救カードのこの欄がそういうものになっているということはみんな知っていた。だから、弁護士、あるいは救対から「〇〇さんが逮捕されました」という電話があると、みな、「あー、あの人、私のことが好きだったのね」と受け止めた。

こういう劇的な形で告白されると心は激しく揺さぶられる。いてもたってもいられなくなる。そして、「この激しい胸のトキメキはなに。私もあの人のことが好きだったのかも」と思うようになる。こうなると恋はすぐそこだ。

俺の場合もそうだった。ある日、ある女性活動家にこう言った。

「おい、ちゃんと連絡しろよ。逮捕でもされたんじゃないかって心配するだろう」

何か連絡ミスがあってそう言ったのだが、彼女の答えはこうだった。

「大丈夫。救カードの一番上にあなたの名前が書いてあるから、逮捕されたらすぐ連絡が行きます。だから、安心して」

「え、そうなの?」

「あー、どうしよう。弾圧されたら、あなたのこと、みんなにバレちゃう」

こんな風に告白されたらどうしようもない。その日、俺も救カードに彼女の名前を書いた。

籠の鳥

八歳年上の白ヘルの活動家に坂上という男がいた。俺とは世代も違うし、ヘルメットの色も違う。が、この人のことはよく覚えている。

一九八七年の春から夏にかけて、坂上はＨ大の学生会館を住みかとしていた。その時、坂上は保釈中の身。坂上の保釈条件には「長野県の実家に住む」という項目があったが、実家では毎日が親子ゲンカ。それで、学館に避難してきたのである。

坂上は学館の奥の部屋からめったに出てこなかった。東京のＨ大にいることがバレると保釈は取り消される。それで身を潜めていたのだ。だから、坂上の顔を見ることはめったになかったし、坂上がいることを知っているものも少なかった。

そんな坂上と二回話をする機会があった。

坂上を俺に引き合わせたのは彼女だった。「あなたと話がしたいって人がいるんだけど、会ってくれる」と彼女が言うので学生会館の本部室で会うことにした。彼女は気まずかったのだろう。そんな顔をしていた。彼女から見れば坂上は同じ白ヘルの大先輩。そんな坂上に俺との関係をどう説明すればいいのかわからない。が、紹介しろと言われればイヤとも言えない。それで渋々承知したようだ。

「僕は今、保釈の身で二審をやっているんだが、八月には判決が出る。一審は有罪、実刑、二審も変わらないだろう。五年か六年の懲役だ。どっちにしろ、出て来た時には三十過ぎのおっさんだ。学生運動をやる歳ではない。だから、H大ともお別れだ。それで、これからのH大学生運動を担っていく人たちに会っておこうと思ってね」

坂上はよくしゃべった。二時間近く、しゃべりまくった。話はあちこちに飛び、まとまりのあるものではなかったが、とにかく熱かった。こういう人を熱血漢というのかと思った。

この日、坂上は活動家になったきっかけについて、こう語った。

「実は子供の頃は病弱だったんだ。何度も死にかけたよ。病弱だと一人では生きていけない。誰かの助けが必要になる。だから、人に嫌われないようにする。言いたいことがあっても我慢して、失礼なことを言われてもニコニコしている。そんな子供だったよ」

坂上に転機が訪れたのは高校時代、学園祭の出し物についてホームルームで議論をしていた時だ。「ミスコンをやろう、誰が一番の美人か決めよう」という提案に、ある生徒がこう言ったのだ。

「そんなの坂上に決まっているだろう。全校一の八方美人なんだから」

クラスはどっと沸いた。笑い声が止まらなかった。坂上はこの時、初めて自分が陰で「八方美人」と言われていることを知った。

「死ぬほど恥ずかしかったよ。死のうかと思った」

たぶん、坂上はこの時、一度死んだのだろう。というのは、この事件を機に全くの別人に生まれ変わるからだ。

「いつ死んでもいい、人に嫌われてもいいと開き直ったら、自由にものが言えるようになったんだ。誰が相手だろうが遠慮せず、ずけずけものを言うようになった。クラスメートはみんな驚いていたよ」

生への執着を捨てたら自由になった。そういうことですか?

「かっこよく言えば、そういうことだ」

そして、生まれ変わった坂上はクラスメートから生徒会に推薦され、見事、生徒会長に選ばれる。

「この学校はここがダメだ。こんな校則はいらない。あんな教師は追放だーって立会演説会でぶちまけたのが受けたんだ」

こうして坂上は活動家になった。

坂上が白ヘルになるのは大学に入ってからだが、白ヘルを選んだのも自由を感じたからだという。

「当時はいろんなセクトがいたんだけど、一番自由にものを言っていたのが白ヘルだった。あの頃は内ゲバの真っ最中で、白ヘルを被っているといつ殺されるかわからない。だから、自由にものが言えたんだと思う。人間、死を覚悟すると自由になるんだよ」

次に坂上と話をしたのは七月。その日は暑くて、校舎の陰になっている裏庭に涼みに行くと、坂上がベンチに座っていたのだ。

「どうも。今日は暑いですね」

「やー、ここは涼しくていいぞ」

俺たちは並んでタバコを吸った。

「ここにはよく来るんですか?」

「そうだな。一日に二回か三回は来るよ」

坂上は潜伏中の身。警察に見つかると保釈は取り消される。しかし、そんなリスクはあっても外の空気が吸いたくなるのだろう。

「籠の鳥だよ。死を覚悟して自由になったって、こないだはかっこいいことを言ったけど、これが自由に生きた代償だ。今の俺にあるのは、ここでタバコを吸う自由だけだ。しかし、刑務所に行ったらそれもなくなる」

自由に生きると自由は去って行く。皮肉なものだ。

「皮肉といえば恋愛も同じだ」

「え?」

「俺にも好きになった人がいたよ。その人は活動家ではなかったけど、活動には理解があった。この人と結婚できたらいいなと思ったよ。だけど、諦めた。俺の親や妹がどんな目にあっているか知ってるからね。革命家の家族なんて悲惨なものだよ。この人も俺なんかと結婚したら不幸になる。だから、別れるしかなかった」

「そんなことがあったんですか」

「それ以来、この人、いいなと思ったら、その人には近づかないようにしている。また悲劇を繰り返すことになるからね」

好きになったから別れる。好きになりそうだから離れる。たしかにこれは悲劇だ。

「それも自由の代償ですか」

「そうかもね。この人には嫌われたくないと思ったら自由には生きられなくなる。自由と恋愛は両立しないのかもしれない」

「なるほど」

「君と彼女がどういう関係なのかは知らない。彼女からは何も聞いていない。だけど、見てればわかる。彼女は特別な目で君を見ているし、君も特別な目で彼女を見ている」

「彼女も僕から離れていくってことですか」

「わからない。それはわからない。だけど、もし彼女が君から離れていっても、嫌いにはならないでやってくれ」

一か月後、坂上に実刑判決が下った。が、坂上は収監されなかった。その前に自裁したのだ。籠の鳥として生きるよりも死を選んだのである。

押収物一覧表

一九九〇年の秋だったと思う。あの頃、H大の学生会館には二、三か月に一度は家宅捜索が入った。令状にはどこかのゲリラがどうしたとかなんだとか大学とは関係のないことが書いてあるのだが、それを法的根拠として公安刑事と機動隊員がワーッと入って来た。

家宅捜査の後には押収物一覧表が残る。我々はそれを見て、あー、白ヘルのあの部屋からはあれが持っていかれたのか、などと確認するのだが、あるガサ入れの後、市民運動家のNから電話があった。

白ヘルに何かあったのか?

俺がそう思ったのは、白ヘルが我々に何かを伝える時は、Nを通すことになっていたからだ。直接、顔を合わせなかったのは、白ヘルと我々が紛争状態にあったからである。

「押収物の件だ。至急、俺の事務所に来てくれ」

Nの事務所を訪ねると、彼はこう言った。

「押収物一覧表に箪笥と書いてあっただろう。その件だ」

たしかに、白ヘルが使っていた部屋からの押収物として「箪笥」と書いてあった。俺もそれを見て、珍しいなとは思っていた。普通、そんなものは押収されない。

「その箪笥には鍵のかかる小さな引き出しがあったらしい。で、鍵を開けるのを拒否したら箪笥ごと持っていかれたと言っていた」

俺には話が飲み込めなかった。

「それ、何か俺と関係があるの？」

「大ありだよ。その引き出しの中に、おまえからもらったラブレターの束が入ってたんだとさ」

「……」

「今頃、権力はゲラゲラ笑いながら回し読みしてるだろうな。ははは」

Nは嬉しそうだった。まあ、こういう人のマヌケな話は面白いものだ。

「持っていかれたんならしょうがない。別に問題にはしないよ。俺だって恥ずかしいから。それにしても、何でそんなものが残ってたんだ。俺が手紙を書いたのは二年も三年も前のことだよ。あれからいろいろあって、彼女との関係は終わっている。手紙のことも忘れていた。なんであいつは処分しなかったんだ」

Nは俺の肩に手を置きこう言った。

「捨てられなかったんだよ。わかってやれ」

その後、俺にも彼女の気持ちがなんとなくわかるようになった。俺も長い間、この時の押収物一覧表が捨てられなかったからだ。

恋人を裁いた罪

1

四十代が終わる頃、俺はある男女の別れに立ち会った。

簡単にいうと、こういう話だ。

仲のいい夫婦がいた。男は健太、女は由紀子。二人は三十代のはじめに知り合い、恋に落ち、結婚した。子供はできなかった。だから、健太にとっては由紀子がすべて、由紀子にとっても健太がすべてだった。

ところが、ある日、突然、由紀子が「離婚したい」と言い出した。そして、健太をさんざん攻撃し、「すべての責任は健太にある」と主張した。

健太は最愛の由紀子に突然こう言われ、うろたえた。それで、俺のところに相談にきた。

健太と由紀子は二人とも仕事仲間で、どちらも友人だった。それで、俺は二人の間に入ることにした。なんとかしようと思ったのだ。

まず、俺は離婚話を持ち出した由紀子と会い、話を聞いた。由紀子はこう言う。

「健太に酷いことをされた。酷いことを言われた。もう我慢の限界。うちの親戚もみんな健太を嫌っている。そもそもこの結婚にはみんな反対だった」と。

健太はたしかに口が悪い。俺も何度もケンカをしている。しかし、何を言われたのか詳しく聞いてみると、すべて五年前とか七年前の話。夫婦ゲンカはたしかにあったのだろう。が、とっくにケリはついているはずだ。なぜ、今になってそれを蒸し返すのか。

親戚問題に関してもそうだ。健太は親戚づきあいがうまいというタイプではない。が、具体的にどういうことがあったのかと聞くと、由紀子は口ごもる。要領を得ない答えしか返ってこない。


由紀子と会った数日後、俺は健太と会った。「由紀子はこう言っているよ。どうなの？」と聞くつもりだった。が、それはやめて、健太を心療内科に連れて行った。健太の様子が尋常ではなかったからだ。健太は台風に直撃されて廃墟となった町に一人佇んでいる、津波にすべてを流されて瓦礫の山と化した町に一人佇んでいる、そんな顔をしていた。最愛の由紀子にさんざん攻撃されて、健太の心はボロボロになっていたのだ。

このままでは健太は死ぬ、とにかく休ませよう。俺はそう思い、健太を由紀子の出ていったマンションまで送り、精神安定剤を飲ませた。

「もう、由紀子とは直接連絡は取るな。俺がおまえの代理人をやってやる」

健太はボロボロ涙を流して、俺の手を力なく握った。

「ありがとう。そうしてくれると助かる。本当に恩に着る。この間、さんざんボロクソに言われたんで、俺ももう彼女との生活には耐えられない。親戚からもわけのわからない電話があって、本当に集中砲火を浴びた。正直、由紀子の顔はもう見たくない。声も聞きたくない。彼女の名前を聞くだけで心が怯える。だから、離婚はしょうがないと思っている。もうどうでもいい」

健太はすっかり戦意喪失していた。それだけ酷い目に遭ったのだ。


が、健太がこの状況に納得しているわけではなかった。健太は俺の腕を掴みながら、こう言った。

「離婚はする。それでいい。俺も離婚したい。このマンションもいらない。すべて由紀子にくれてやる。だけど、真相は知りたい。なぜ、こうなったのか。なぜ、ある日、突然、離婚すると言い出し、俺をあんなに攻撃したのか。俺には何がなんだかわからないんだ。だから、真相は知りたい。そうじゃないと心の整理がつかない」

健太がそう思うのは当然だ。法的に問題が解決しても心の問題が解決しなければ、本当に解決したとは言えない。人間とはそういうやっかいなものなのだ。

2

数日後、俺は由紀子と会い、健太の様子を伝えた。

「これは健太と君だけの問題ではないね。第三者がいるはずだ。俺のことを友だちだと思っているなら、正直に話してくれ」

突然の別れの背後には必ず第三者の存在がある。ある程度、歳をとった人間ならみんな知っていることだ。だから、このケースもそうだろうと思ったのだ。

俺の予想は当たり、由紀子はXという男の存在を明らかにした。

由紀子がXと知り合ったのは数か月前。由紀子は一目でXが好きなり、由紀子とXは不倫関係に入る。そして、不倫を続けているうちに、「Xこそが運命の人だ」と由紀子は思うようになり、健太と別れる決意をしたという。

由紀子が健太を攻撃したのは、「浮気をしていた」「不倫をしていた」という負い目があったからだ。そこを突かれると自分が不利になる。財産から何からすべて健太に持って行かれる。それで、由紀子は別件で健太を攻撃し、「健太は酷い男だった。健太は私に酷いことをした。この離婚の責任はすべて健太にある」という物語を作ったのだ。

酷い話だと思った。由紀子は酷いことをした。由紀子もそれはわかっているようで、ボロボロ涙をこぼしながら、こう言った。

「みんな私が悪いのに、健太を傷つけてしまった。この離婚の責任はすべて私にあります。私は謝ってもすまないことをしてしまった。条件はすべて健太の言う通りにします」

由紀子は酷いことをした。だけど、酷い人間ではなかったようだ。

その夜、俺は健太と会い、慎重に言葉を選びながら由紀子から聞いたことを話した。健太は取り乱すこともなく、冷静に俺の話に耳を傾けた。

「あいつ、不倫をしてたのか。そういう負い目があったのか。それで俺を攻撃したのか。我が身を守るために。人は、保身のためならなんでもやる、悪魔とでも手を握るっていうけど、本当だね」

健太は「タバコを一本くれないか。久しぶりに吸いたくなった」と言い、俺からタバコを受け取ると、深く、ゆっくりと煙を吐き、こう言った。

「最悪の事態は回避された」

「え？」

「俺はこう考えていたんだ。由紀子は気が狂ったと。だから、いきなり離婚すると言い出したんだと。これが、俺の考えた最悪のストーリーだった。だって、そうだろう。気の狂った由紀子を見捨てるわけにはいかない。俺にはそんなことできない。しかし、由紀子と一緒に暮らすのは苦痛だ。耐えられない。だから、そうなったらどうしようとずっと考えていたんだ。

が、他に好きな人ができたんならしょうがない。由紀子の今後を心配する必要もない。一気に気が楽になったよ」

「じゃあ、やっぱり離婚するのか？」

「そうするしかないだろう。あとはこのマンションの権利をどうするかとか、そういう事務的な問題だ。弁護士に頼むよ。今回は本当に世話になった。ありがとう」

健太はその後、東京を離れ、横浜の出版社に就職した。由紀子も俺の住む世界から消えた。健太と由紀子はいい仕事仲間だったが、一緒に仕事をすることも、一緒に酒を飲むこともなくなった。二人の離婚で俺の生活も変わったのだ。

3

先日、その健太と再会した。まったくの偶然だった。飯田橋駅のホームで電車を待っていたとき、後ろから肩を叩かれ、振り向くと健太がいたのだ。

健太は十年分、老けていたが、離婚話が持ち上がる前の、俺が心療内科に連れていく前の、一緒に仕事をしていた頃の穏やかな顔をしていた。

「おおっ、健太じゃないか」

「これから、どこか行くのか?」

「いや、家に帰るところだ」

「じゃあ、一杯やろう」

「うん」

「飯田橋で飲むのは久しぶりだ。Mはまだあるのか?」

「あるよ」

「じゃあ、Mに行こう。久しぶりに行ってみたい」

「よし」

俺と健太は、昔よく一緒に行ったMという居酒屋に行き、再会を喜び合い、杯を重ねた。お互いの仕事の話や共通の友人の話をして盛り上がった。

が、それだけで終わるわけにはいかない。俺は、率直に聞いた。「どういう形で離婚は成立したのか」と。

俺が健太と最後に会ったのは、由紀子の話を伝えたとき。だから、詳しいことは知らなかったのだ。

健太はこう言った。

「全部、フィフティフィフティにした。マンションの権利もなにもかも」

「え？　由紀子は責任を認めたんだろう。なんで、フィフティフィフティなんだ？」

「弁護士もそう言ったよ。もっと取れるぞ、Xからもぶん取れるぞってね。だけど、俺にはもう争う気はなかった。それと、昔のことを思い出したんだ」

「昔のこと？」

「前にも話したと思うけど、学生時代、俺は政治セクトに入っていた。新左翼の」

「S派か」

「そうだ。その時代のことを思い出したんだ」

4

「大学三年の時、俺は一年年下のFちゃんって女の子と付き合っていたんだ」

「その子もS派だったの？」

「うん。党内恋愛だ。が、ある日、Fちゃんが問題を起こした」

「どんな？」

「今考えれば下らないことだけど、彼女は、権力に通じた、権力のスパイだ、といわれてもしかたがないことをしたんだよ。それで、問題になり、彼女は査問委員会にかけられた」

「セクトって査問とか処分とか好きだね」

「それで、俺も査問委員に選ばれた。党は、俺と彼女が付き合っていることを知らなかったんだ」

「……」

「彼女は事実をすべて認め、言い訳ひとつしなかった。サバサバしていたよ」

「……」

「彼女が運動の世界に入ったのは、社会、というか大人の世界の欺瞞性が許せなかったからなんだ。社会主義とか共産主義に興味があったわけではない。彼女は運動家というよりも文学少女だった。俺は彼女のそんなところに惹かれ、好きになったんだけど、彼女は、査問だなんだという党の動きを見て、ばかばかしくなったんだろう。体裁を整えることばかり考えて、なんて欺瞞的な組織なんだと愛想を尽かしていたんだと思う。だから、言い訳ひとつしなかったんだ」

「それで、どういう結果になったの？」

「追放だ。永久追放」

「おまえはどうしたの？」

「悩んだよ。苦しんだ。彼女を守ってやりたいと思った。が、そんなことをすると俺の立場も危うくなる」

「保身か……」

「あの時はそうは考えなかった。これはしょうがないんだ。彼女は違う世界の人になるんだ。彼女もそれを望んでいるんだ。だから、これでいいんだと自分に言い聞かせて、永久追放を支持する文書に署名をした」

「なるほど」

「だけど、そこで俺の政治生命は終わった」

「党に彼女との関係がバレたのか？」

「違う。俺はこう思ったんだ。俺にはもう政治を語る資格はないと。だって、そうだろう。自分の恋人も守れないようなやつに人民を守れるわけがないんだから。それで、政治の世界、運動の世界から身を引いた」

「……」

「あの時、俺は、恋人を裁いた、という罪を背負った。これは重い罪だ。おかげで由紀子と知り合うまで、一度も恋はできなかった。俺には恋をする資格なんてない、人を愛する資格も、人に愛される資格もないと思っていたんだ」

「由紀子と知り合ったのは何歳の時？」

「三一歳のときだ。Ｆちゃんと別れてから十年経っていた」

「懲役十年の罪だったんだな」

「いや、結局、由紀子とも続かなかったから、これは、終身刑なのかもしれない」

「厳しいな」

「たしかに由紀子は罪を犯した。夫を裏切った罪、夫を傷つけた罪。これも大罪だと思う。しかし、俺がそれを問題にすると、また、恋人を裁いた罪を重ねることになる。これはもうこりごりだった。だから、フィフティフィフティにした」

「なるほど」

「ある意味、これも保身なのかもしれない。悪く思われたくないだけなのかもしれない。でも、やっぱり、恋人を裁いちゃいけないよ。世界中が悪く言っても庇ってあげる。それが恋人だよ」

【著者】中川文人（なかがわ・ふみと）

1964年生まれ。作家、編集者、実業家。有限会社ヨセフアンドレオン代表取締役。法政大学文学部哲学科中退。レニングラード大学（現サンクトペテルブルク大学）中退。法政大学在学中に監獄小説『余は如何にしてイスラム教徒となりし乎』（『1987年の聖戦』に改題）を上梓。また、テロリズム研究会代表、学術行動委員会代表、文学部（第一部）自治会執行委員長などを歴任、黒ヘルのリーダーとして活動。父方の祖父・藤岡淳吉は日本共産党創立メンバーの一人。脱党後は共生閣や聖紀書房、彰考書院などの出版社を経営した人物。1999年、広告制作プロダクションを経て、編集プロダクション・ヨセフアンドレオンを設立。コンビニ向け雑学本などを多く手がけ、『身近な人に「へぇー」と言わせる意外な話1000』（朝日文庫、2003年）は文庫版・電子版合計220万部のベストセラーとなる。著書に『余は如何にしてイスラム教徒となりし乎』（アイピーシー、1987年）『地獄誕生の物語』（以文社、2008年）『ポスト学生運動史―法大黒ヘル編1985～1994』（彩流社、2010年）『ソビエト社会主義共和国連邦の冬』（池田伸哉・著、中川文人・解説、彩流社、2011年）『デルクイ01』（共著、彩流社、2011年）『デルクイ02』（共著、彩流社、2013年）等がある。

Sairyusha

黒《くろ》ヘル戦《せん》記《き》

二〇二四年一月三十日　初版第一刷

著者――中川文人
発行者――河野和憲
発行所――株式会社 彩流社
〒101-0051
東京都千代田区神田神保町3-10大行ビル6階
電話：03-3234-5931
ファックス：03-3234-5932
E-mail：sairyusha@sairyusha.co.jp

印刷――明和印刷（株）
製本――（株）村上製本所
装丁――中山銀士＋杉山健慈

ISBN978-4-7791-2944-5 C0093
https://www.sairyusha.co.jp